跟随生命歌吟

刘程／著

刘心心／插图

南方日报出版社
NANFANG DAILY PRESS
中国·广州

图书在版编目（CIP）数据

跟随生命歌吟 / 刘程著；刘心心插图. —广州：南方日报出版社，2020.12

ISBN 978-7-5491-2174-8

Ⅰ. ①跟… Ⅱ. ①刘… ②刘… Ⅲ. ①散文集—中国—当代 Ⅳ. ①I267

中国版本图书馆CIP数据核字（2020）第051332号

GENSUI SHENGMING GEYIN

跟随生命歌吟

著　　者：刘　程
插　　图：刘心心
出版发行：南方日报出版社
地　　址：广州市广州大道中289号
出 版 人：周山丹
责任编辑：刘志一　郭海珊
责任技编：王　兰
责任校对：裴晓倩
装帧设计：迎立文化
经　　销：全国新华书店
印　　刷：广州市新齐彩印有限公司
开　　本：787 mm×1092 mm　1/32
印　　张：4.125
字　　数：72千字
版　　次：2020年12月第1版
印　　次：2020年12月第1次印刷
定　　价：38.00元

投稿热线：（020）87360640　读者热线：（020）87363865

目录

Contents

Contents
目录

第一部分

行者说

初见英伦

2011年11月9日，广州，白云机场。我提前4个小时到达广州白云机场，才发现提前得太多了，check-in远没开始。于是，开始等待。手机卡里还剩下几块钱，要抓紧把它用完，但又怕用完，因为还有很多电话没来得及打就已经来到了机场。

当头一棒的是，在家里拼命塞进去的、囊括一个“家”的行李，整整超重6.5公斤！罚款是必然的，650元人民币！这恐怕是最昂贵的行李了！我的心在滴血，欲哭无泪。无奈交了罚款，换登机牌，安检，出海关，登机。起飞时间：北京时间2011年11月10日00:30。

此前到美国的航程也才13个小时左右，这次倒好，近16个小时。我已经习惯了上飞机就睡觉。辗转反侧的睡眠、扭扭捏捏的身姿、不伦不类的态势，醒来听到广播说，到巴黎还有2个小时。事先准备看的书、准备听的音乐，都没来得及看或听。飞机上的食物永远谈不上好吃，聊以充饥果腹而已，匆匆吃罢，飞机便降落在巴黎戴高乐机场。戴高乐机场对我而言没有任何意义，因为不知道它有多大、有多新或多旧、往来人口多少等等，飞机降落时已是凌晨。这时突然发现，自己在这里已然成了“老外”，匆忙来去的人群中，几乎没有黑头发黑眼睛的人，只有清一色的高鼻子蓝眼睛或棕色肤色的人等，倍感亲切而安全的符号体系和话语系统杳无音信。迷蒙中，转机飞往曼彻斯特（下文简称“曼城”）。这段旅程约飞了1小时15分钟。曼城到了。

理论上说，不管你在哪里转机，迪拜或阿姆斯特丹，到了曼城，基本就要入英国的海关了，这是常识。不知是因为我在飞机上睡得太香太沉，还是因为巴黎到曼城的空哥空姐们误以为我已是英国的常住人口，竟然没人叫我填写入境卡。我内心一阵窃喜，英国终究还是松动了啊，连入境卡都不需要填写了，呵呵！兴冲冲地冲到队伍最前面，排队，预备入关。面无表情的入境管理小姐的两片薄唇间幽出一句冷话：“Sorry sir，you need to fill in the card.”侥幸心理害死人啊。找笔、觅纸，填好再排队时，前方已是蜿蜒曲折的巨蛇一样长长的队伍。折腾来折腾去，我已是最后一个入关的了。真是当头又一棒！

接着当头再是一棒！兰卡斯特大学方面事先预约的司机竟没来接机！当时的猜测是，因为我过关耽误了时间，接机的人可能等不及，拍屁股走人了，因为印象中外国朋友基本上是比较守时的。但隐约感觉是，他们根本就没来接机。经验告诉我，等待可能是最好的办法。于是等待，等待1个小时，等待又1个小时。果不其然！于是，问人在哪里可以上网，在哪里可以打电话、换零钱，花了1英镑上网查找联系电话，花了2.9英镑打电话。天！确实没人来接机！等接机的人来到，一问方知，兰卡斯特大学方面竟没人知道该如何预订出租车接机。后来终于来了一个人，扛行李，上车。

对曼城基本没什么印象，记得以前大连的孙继海曾在这里踢足球，当然还有李铁。这是事后和接机的司机师傅聊天时勾起的仅存记忆。对了，还有曼联队，仅此而已。司机应该是个非洲人，该是第二代或第三代吧，非洲印记不是很明显，但依稀可以看出。他问："Football fan？"意思是我是足球迷吗？我说："Soccer？"因为在美国football是橄榄球的意思。当然不是，就中国足球现在的状况，要成为一个足球迷，有点够呛。我说我喜欢篮球，喜欢篮球明星，比如姚明。显然，他对篮球没什么兴趣，也比较不以为然。但司机还是很友善地问："Need water？"water是不需要的了，我迫切急切需要sleep。可能是司机看我一身一脸的疲惫风尘，交谈就此终结。在曼城一掠而过的景象中，我早已安然入梦。

时光飞逝，醒来已见兰卡斯特，这个我需要工作战斗兼生活2年的小镇，未来我们称之为“兰村”的地方。欲知更多“兰村”故事，请阅读本人的《行走英伦：孔子学院中方院长日志》。

2011年11月11日于英国兰卡斯特

2017年改于广州大学城

行走孟加拉

2017年2月11日至14日，孟加拉首都达卡，短短4天的行程，要以此来描述这个国家，难免失之偏颇，或者流于刻板印象。拜访4个大学、2所孔子学院、1个中介，大大小小共11场谈判或会见。

确实，之前对于孟加拉的印象，只是依稀记得曾经教过一个来自孟加拉的留学生，应该是女生，又或者是男生；那是我在武汉工作时，又或者在广州工作时。带着如此这般的模糊记忆，孟加拉扑面而来。

扑面而来的是偌大的、作为首都的一个城市，竟然像极了一个超级大农村，一个拥有2000万人口的农村。这里的农村是贬义的，不是欧美发达国家的蓝天白云、青山绿水、牛羊怡然成群的农村（countryside）。在广州时，我曾无数次抱怨雾霾漫天，让人无法呼吸，但我能在发展还是雾霾之间做出理性的抉择，发展更为重要。我也曾无数次设想中国首都北京的雾霾盛况，在惊愕与庆幸之间摇曳生姿。在经过那条浓“烟”滚滚的乡间土路回到乡下时，浓烈的乡愁总能推开那被飞扬尘土遮挡的、看不清的前方，带着我一往无前地奔向家的怀抱。但与孟加拉首都达卡相比，这些都太微不足道了。这个城市，仿佛被整个地置于巨大的笼罩中，尘土源源不绝地从某个风口奔涌而入，撞击着密不透风的四壁，回旋又回旋，在四处弥漫开来，循环往复，久久不愿散去。

与尘土、雾霾相比，无序的交通同样让人触目惊心。很难想象，一个拥有2000万人口的城市，竟然没有红绿灯，至少我去过的这么多角角落落是没有红绿灯的。交通完全依靠戴着厚重口罩的警察来勉强维系，警察的手中拿着一根一尺左右的木棍，或左右或前后地挥舞，代表着四面八方的通行方向。我们的当地司机疯狂地按着喇叭，试图游鱼般穿梭前进，但明显毫无用处，人力三轮车（以此为多为主）、卡车、小汽车、摩托车、自行车、行人等密密实实地包围着我们。此外，还得加上车流、人流中匆忙奔走自如的小贩们，他们在夹缝中兜售着印制精美的英文书籍、花生坚果、叠得整整齐齐的毛巾、新鲜切好的瓜果、小电器、节日的彩色气球等等。小贩中有长者，也有青年人，甚至有孩童，他们身手敏捷，动作快捷，竟然能在快至30—40迈的车速中飞跑着与车中人完成交易，甚至找赎零钱。每每看到车旁倏忽而过的售货孩童时，我心中总是一惊，久久地捏一把冷汗。我们的司机依旧在疯狂地按着喇叭，在坑洼的路面上跳跃前进，左摇右摆，前仰后合，上蹿下跳。此情此景，堵车是意料之中的，从机场到宾馆正常只需短短20分钟的路程，竟然走了1.5个小时，其实这已经很好了，我们的当地向导、MBA高端团的孟加拉籍学生、Jagannath University大学的教师Fakir告诉我们，就是这一段路途，他曾经用了5个小时。Fakir是一个绅士，一直为当地的交通状况向我们道歉，我安慰他道，“我也在广州待过的，我不怕堵车”。

Fakir为我们租的车子显然太小，在装完我们的两个大箱子（23公斤级别）、两个小箱子（5公斤的登机箱级别）、一个背包、一个坤包之后，车子的空间就很有限了。加之Fakir要在达卡的迷你机场（应该比广州的一个地铁站大不了多少）给我们献花，他把他爱人也带来了，男对男、女对女地献花。车子的空间就更加少之又少。无奈，Fakir的爱人和我们坐在后排，他、他的朋友（后来发现是潜在的留学中介）、司机坐在前排，我很快发现，前排有3个人，只有2个座位。Fakir笑笑说：“It’s OK，not a problem！”超员超载没问题？“你们怎么系安全带呢？3个人，2条安全带？”“No need to wear seat belt.”我目瞪口呆，这肯定会出事。不能想，真的就出事了！晃晃悠悠，车子前行了几公里后，手里各握着一根指挥棒的两个警察逐渐在视野中壮大起来，步步逼近，清晰可见。虽然听不懂孟加拉语，但意思已经显而易见。Fakir早有准备，从口袋中翻出名片，伸长了脖子，屁股离座，绕过司机的阻挡，向警察解释着什么。警察不以为意，挥舞着手中的指挥棒，口中念念有词，示意下车。Fakir也急切地念念有词，把名片递给警察，警察接过名片，煞有介事地阅读，埋头又与Fakir交流着些什么，一番往来，警察做了一个让行的棍势，嘴里还不忘说了些什么。我很好奇，迫不及待地问Fakir："这就没事了?！""没事"，Fakir显得很轻松。从Fakir的口中得知，孟加拉对教师、教育极为尊重，教师的名片就是通行证，任何重要场所的通行证。此言不虚，且屡试不爽。因课题研究需要，我们一行前往南北大学（North South University）孔子学院调研时，也被荷枪实弹的门卫拦住，同样，Fakir出示自己的名片，门卫便预期般放行。

教师地位之高还有体现。在我们所到的每一个学校的电梯口，都有一条专门的教师通道，墙上还专门有文字提示。即使没有教师的情况下，学生们也有序地在学生通道排队等候，绝不占用教师通道。达卡大学的图书馆令人印象深刻，不是因为其大或藏书之多，而是在图书馆中设有教师专区，教师专区在图书馆的正中，其位置高高在上，大大高于学生区域，有点鹤立鸡群的感觉，自下而上，教师专区都铺有新鲜的红地毯。自习的学生往往5—6个拥挤在3个人的座位上，而教师专区也无人去占用。在这里所有建筑中，大学建筑是最好、最宏伟壮观的。路遇老师，无论认识或者不认识，学生们都会自然而然地退至墙根，双手合十，低眉含眼鞠躬，让老师先行，而且必会等到老师走后方才行走。这对经常和学生一起挤电梯、占座位的我来说，简直惊诧非常。

给我留下深刻印象的，还有每天五次雷打不动准时响起的、犹如吟唱一般的祈祷声，孟加拉人的热情质朴，对着装的重视尤其重要场合的以“貌”（着装打扮）取人，勤劳吃苦精神，早晨从中午开始的工作时间（10：30开始上班），不以迟到为怪（迟到1—2个小时是常事），自来水中的砷（俗称砒霜）严重超标，周五周六是周末、周日是工作日，右舵左行的英式殖民遗风，等等。这是一个守旧又逐渐开放的国度，这从信奉伊斯兰教妇女的头巾可见一斑，年长者全身包裹，仅剩两只眼睛向外张望；中青年，可以面与目示人；年轻一代则不裹头巾，以全新的头脑触摸外面的世界。

这是被联合国界定为世界上最不发达国家之一的孟加拉，但是，这是一个蓄积巨大能量的国度，2000万任劳任怨吃苦耐劳的首都人蓄势待发。这是一个充满生机的国度，现代通信和网络技术已经悄然渗入，这里的人们已然嗅到外面的气息，已经入驻的为数众多的外资企业更加重着这种生机勃勃的味道。这是一个视教育高于生命、敬教师重于父母的国度。假以时日，假以合适的改革开放政策，假以合理的管理制度和归国的海外留学人才，我完全相信，二三十年后的孟加拉国，何尝不会是当今迅猛发展之中国！

2017年2月22日于广州大学城

尼泊尔印象记

2017年2月14日至18日，结束在孟加拉首都达卡的4天行程，我们来到了尼泊尔首都加德满都。短短5天的行程，要以此来描述这个国家，同样难免失之偏颇，或者流于刻板印象。拜访2个大学、2个合作机构、3个教育合作机构、1个中介，参加大大小小近15场谈判或会见，还利用间隙时间做了1场有关孔子的教育思想的讲座。

尼泊尔也是联合国所界定的世界上最不发达的国家之一。与中国接壤、中尼两国之间横亘着世界最高峰珠穆朗玛峰，佛教盛行，曾是古丝绸之路的驿站，这就是我未去之前对于尼泊尔的全部认知。

说是首都，其实加德满都甚至不能算是一个城市，它应该是一个超级大县城，一个人口为400万的县城。当然，这都是以现代化大都市广州为参照。与孟加拉首都达卡相比，尼泊尔显然更加开放，与广州无异，妇女无须包裹严实，只露出眼睛或面目，广告牌上甚至可见穿着暴露的女性。这里的经济与生活水平也更高，但是，同样雾霾严重，同样没有红绿灯，同样几乎没有公共交通如公共汽车或者地铁，同样混乱无序的交通，但街头巷尾少了人力三轮车，少了穿梭跳跃的小贩，更多的是摩托车、电动踏板车和行色匆匆的各色人等。这里的工作时间从早上10点到下午5点，私人公司则往往早上从9点开始工作。60%的高中毕业生选择到海外留学，美国、澳大利亚、英国、新西兰、日本等是首选，我们的到来正打开其通向中国的留学大门。拥有着与中国类似的饮食，其中的一种食物momo，其实就是中国的饺子，其外皮、内馅、形状、味道等一般无二。喜好分而食之，传统饭店喜用铜器餐具，餐后咀嚼槟榔切片和一种孜然状食物，以清新口气。

在孟加拉，等级观念是很强的。会议时，女性几乎不能同桌，即便同桌，也极少开口。在大学，女生有专门的出入通道，与男生分别开来。据说上课时，男生、女生是各占“半边天”的，教室的一半坐着男生，另一半坐女生。但是，在尼泊尔，等级观念基本被抹平。现在到了讲我们司机的故事的时候了。司机是我们的留学生的同乡，据说来自同一个村子，从遥远的农村来到加德满都这个大城市讨生活。

他皮肤黝黑，中等个子，随时戴个墨镜，是典型的尼泊尔人。英语只够勉勉强强交流，据说在开出租车之前（类似国内的滴滴专车或者“黑”车，因为最后结账我们索要发票的时候，显然他不隶属于任何出租车公司），做了25年摄影师，这在后来面向当地大学本科生的一场留学宣讲会上得到了印证，那时的他端着一个硕大的照相机，专业的那种，前后左右上上下下地拍照，还不时地把拍了的照片给我看。这个司机好玩，并不在于他是一个摄影师，而是因为他是司机。他是老司机，在山地状的加德满都街道上开车曲曲折折前进，当然难不倒他，任凭多么凹凸不平的泥巴道路，他都能如履平地，一往无前。5天的行程里，他随时随刻跟着我们，除了最后两天的傍晚，我们意欲外出购物而他趁机提早“下班”外。总体而言，他是一个忠于职守的好司机，当然费用不会低，5天共180美元，当地工程师一个月的收入仅400美元。套用《圣经》的一句话：“不要催我回去不跟随你。你往哪里去，我也往那里去；你在哪里住宿，我也在那里住宿；你的国就是我的国，你的神就是我的神。你在哪里死，我也在那里死，也葬在那里。”我们的司机就是如此，一路紧紧跟随，绝不掉队，不回去，不回避，我们进入会谈现场，他也进入会谈现场；我们就坐，他也就坐；我们和会谈方握手，他也和会谈方握手；我们和客人交换名片，他也和客人交换名片；我们介绍自己，他也介绍自己；我们喝茶或咖啡或热水，他也喝茶或咖啡或热水；我们哈哈大笑，他也哈哈大笑；我们和客人吃饭，他也和我们一起和客人吃饭；我们在饭桌上讲有趣的故事，他也在饭桌上讲他的有趣的故事；我们和客人道别，他也和客人道别。他还真不把自己当外人，我说。同事评价他简直是贴身保镖兼秘书兼司机。真是一个好玩又可爱的司机。这在国内或者我比较熟悉的美英等国家，几乎是无法想象的。

说尼泊尔就必须说宗教，印度教和佛教是占据主要位置的两大宗教。佛教自不待言，加德满都与紧邻的拉萨同为藏传佛教的重镇。据说，60%的尼泊尔人信仰印度教。佛教源自印度，印度教比佛教更为古老久远，印度教源自古印度的婆罗门教，婆罗门教是世界上最早的、系统化的宗教。说起婆罗门，大家最熟知的应该非种姓等级制度莫属。因此可以说，源自婆罗门教的印度教是社会结构、文化习俗、宗教信仰、哲学、冥思等的融合产物。读博士阶段，我导师的研究领域之一是东方美学，故我对印度教稍有了解，印象最深刻的是印度教所倡导的“梵我一如”“灵肉双美”和苦行僧。在前往会谈现场的半路上，我们利用间隙的20分钟匆忙走访了帕苏帕蒂那寺（Pashupatinath），帕苏帕蒂那寺其实就是湿婆神庙，里面供奉着湿婆，帕苏帕蒂是湿婆神的别名。寺庙是世界文化遗产，坐落在巴格马蒂河（Baghmati）旁，巴格马蒂河被印度教徒奉为圣河。尚未进入寺庙，道路两旁建筑上精美的雕梁画栋已经让人目不暇接，当地民众应该是免费进出的，门卫唯独拦住了我们两个“老外”，购票后方才放行。一阵脚步声从后方由远而近，扭头看时，六七人担负着什么已经擦肩而过，定睛仔细再看，担架上赫然躺着一位嘴里插着氧气管的长者，“临终时刻”，陪同我们的留学生轻声说。进入寺庙（其实并不算“进入”，整个寺庙并没有固定的大门或围墙），各色雕塑、教塔映入眼帘，真可谓琳琅满目、应接不暇。远处雄壮的一座主塔，相当于佛教中的大雄宝殿，据说是纯金打造，非印度教徒不得入内。行得高处，大小教塔前后、周围或内部，三三两两地有一些苦行僧，或坐或站或躺，年龄不一，但都瘦骨嶙峋，呈严重营养不良状，有的全身涂抹了白色，这些人多从与尼泊尔接壤的印度而来，来了之后就不再离开，反而长居于此，以乞讨为生，尼泊尔当地人称之为流浪者。印度教认为，唯有人的肉体达到极致的“贫困”“贫瘠”“贫乏”的状态，精神才能进入冥想状态，心灵与灵魂才能不受世俗的羁绊，得以自由与解脱。从高处向下望，巴格马蒂河桥上、教塔前、河岸边，密密实实地围拢着黑压压的人群。在其身后，袅袅青烟不断升起，是印度教露天焚尸处的圆木干柴燃烧所致，后来我发现，这缕不绝的青烟和帕苏帕蒂那寺门票上的青烟完全一致。黑压压的人群显然不是在围观焚尸处的青烟，他们或倚靠在桥栏上，或站在桥面上，或坐在河对岸的地上，处于“临终时刻”的那位长者已经被安放在巴格马蒂河边的台阶上，自上而下斜靠，头上脚下，脚部几乎在河水中。远远看见有人往他身上洒水。巴格马蒂河的河水干枯殆尽且浑浊不堪。按照习俗，家属要用巴格玛蒂河的清水为逝者沐浴，为他洗去尘世的一切烦恼和罪孽，然后抹上香油，用清洁的白布和黄布包裹起来，进行露天火葬，以摆脱轮回的命运，进入天堂。我不再惊异于教塔旁苦行僧的肉体“苦”与精神灵魂“富足”，而惊诧于逝者家属的冷静达观乃至为逝者往生天堂的欢喜与围观者的淡然超脱。或许，这就是见惯生与死的人吧。谁人不如斯？

相传，加德满都所在的地方原来是一个大湖，人们生活在湖边的高山上，交通与生活都很不方便。中国五台山的文殊菩萨路经此地，得知百姓疾苦，善心大发，挥剑辟开一个口子，湖水沿峡谷流出，为湖所困的地方变成了富足的栖息地。百姓陆续定居，人口慢慢繁茂，逐渐形成一个城市，这就是现在的加德满都。如今，民众的饮用水采自山间泉水，生活用水及工业用水已然是一个巨大的问题，加德满都饱受缺水困扰，正实施国家级的“北水南调”工程，这可能是文殊菩萨当时未曾预料到的。尼泊尔与中国的联系不限于传说，在挨着King’s Palace的商业一条街上，能说会道的店主操着一口流利的普通话，即便是街边拐角的流贩走卒，也用“你好，来看看嘛”“朋友price（友情价）”“不贵了不贵了”地招呼着我等中国游客。诸多入驻的中资企业助推着这个国家的经济发展，撬动着这个国家的社会结构，打开着这个国家的国际视域，听闻加德满都正在紧张筹建的地铁就是由一家中国企业勘测、设计、施工的。

相同的饮食习惯，相同的宗教信仰，相同的风俗民情，相同的被殖民背景，相同的教育体系，相同的尊师重教传统，相同的发展诉求，太多的相同使得我相信，一山之隔、一衣带水的中国与尼泊尔两国，脚步一定能够走得更近，手一定能够握得更紧，合作共赢一定能够来得更加丰富有效并迎来福泽久远的未来。

2017年2月25日于广州大学城

汉风流韵在越南

无论我在哪个城市工作，比如昆明，比如武汉，比如广州，我的国际学生中都少不了越南同学。2017年3月27日至31日，我终于有机会亲自到这个近邻去看一看。来回5天，2个城市，拜访4个大学、1所孔子学院、2个中介，参加大大小小近10场谈判或会见。

飞机从广州起飞，1小时45分钟后到达越南首都河内，比起到北京竟然少了1个多小时。而且，越南与中国也仅1个小时时差，比中国晚1个小时，完全可以忽略不计。学一点当地语言是我每次出差的必修课，一来可以趁机了解一点点当地文化，二来可以拉近与当地人的关系，增强亲近感。文化交流，从来都应该是双向传播的，而不是单向。虽说越南曾使用汉字或汉字经过改造而形成的越南喃字，但其言语已全然不同于汉语。这次语言学习算是最容易的了吧，越南语的“你好”发音为“清早”（音），“谢谢”就是“感恩”（音），我不知道“清早”是否从英文的“morning”（意为“早上好”）衍生而来，但我问过越南高校的师生，以“感恩”（音）表示“谢谢”是完全借用汉语。

汉语和中国对越南的影响显然不仅于此。工作间隙，我们去河内的镇国禅寺走了走，这个禅寺离我们住的宾馆步行不到一刻钟，往来多次，我们决定一去。禅寺占小岛而建，从岸边袅袅伸展开去，漫向湖心。禅寺始建于中国北魏时期，山门口的对联、寺中的石碑、塔林及各色神仙，无不刻画有汉字，且背山面水的选址、建筑风格、菩萨造像等等，汉风流韵，置身其中，恍若隔世，宛如在中国。坐在车上，在城市中穿行，映入眼帘的古建筑、古寺庙、古道观，无不如此这般。除了喃字和庙宇道观外，历史上越南长期受中国影响，我们访问当地高校时，就看见当地学生在军训，而且基本上我们所访问的所有越南高校的国际处或中文系老师都讲一口流利的普通话。而城市街道两旁电线杆上的大喇叭广播，总是让人想起她的邻居中国。更大的相同之处可能是两国都是社会主义国家，中国首都北京有一个天安门广场，河内亦然，只是规模小了太多，但格局、设计、标语、城楼、广场等别无二致。

就我的体会和观感，首都河内应该相当于中国国内的二三线城市，这主要指城市规划、市政建设、经济发展水平等。摩托车、踏板车、电瓶车是当地人的主要出行工具，当地人都自觉地佩戴安全帽，这点很好。曾问顺化外国语大学中文系主任廖灵专（Liêu Linh Chuyên），她的回答是“方便，想去哪里就去哪里。而且永远不会堵车”。这对于从经常堵车的广州来的我来说，只有艳羡！当然，开私家车的人也不在少数，所见汽车多为起亚、现代、丰田、马自达等韩日德品牌，从未见中国品牌的车辆行驶。越南的开放程度丝毫不亚于中国，路上所见，外国人遍地，到了近海的顺化，来此度假旅行的金发碧眼人更是走街串巷，摩肩接踵。香江河畔，高架桥下，品尝当地小吃、与小摊小贩讨价还价的欧美人不计其数。河内的还剑湖畔甚至还有一个瘦小长发的老外抱着吉他自弹自唱，引得一众人等久久围观不散。

行文至此，必须说说越南的美食了。不论在河内，还是顺化，给我留下深刻印象的，恐怕非此莫属。河内也有一个西湖，水域面积比中国杭州的西湖小，但小而巧，小而精致，小而更加秀美。去时，已近黄昏，湖边垂柳依依，湖中波光粼粼，游鱼跳虾上下嬉戏、左右翻腾，竟也有人泛舟其中，好不惬意。华灯初上，则更具一番意境。我们到西湖的主要目的比较庸俗，是吃饭。奔波一整天，除了脚打战、嘴发麻、头发晕之外，肚子饿也是不争的事实。据说，这是越南国内唯一一家国营餐厅，名叫KEM HO TAY，服务员都有正式的国家编制，享受公务员待遇，当然，这只是那些年岁比较大的。也有一些年轻人，男男女女，他们该是合同制的了。虽然餐厅依西湖而建（实际上与上述镇国禅寺背靠背），但对湖水绝无污染，环境保持得绝好。油炸虾饼是该餐厅的特色，自然要点。虾饼中的虾就取自西湖，可谓因地制宜，就地取材，一咬之下，清脆酥软，清香淡然，不油不腻，没有中国国内油炸食品的厚重油滑及给人的拒绝感。蟹黄豆腐、南瓜苗汤也超凡脱俗，给人焕然一新的感觉。越南小吃还有炸牛肉、炸春卷，也都清丽可口，必须一试。晚餐后，漫步西湖边，每隔十米二十米，总见路边停靠着一辆两辆自行车，后座上摆放着硕大的泡沫箱子，卖者远远地站着，若有若无地四处望，对要下不下的春雨毫不为意。骑着摩托车或踏板车、电瓶车倏忽而过的人们停了下来，却并不下车，骑坐在车上一番交谈和交易，摩托车等绝尘而去。原以为类似中国国内我儿时卖冰棍的，走近看时，才知是在买卖炸春卷，可见越南人对春卷的喜爱。当然，我最喜爱的还是越南米粉。在云南昆明时，曾尝过一次，从此难忘。米粉太常见，岂止中国有，很多国家都有。但其他地方的米粉，要么酸辣过分，要么油头粉面，要么被生硬的花生黄豆霸占山头，要么夹杂牛羊猪肉，要么充斥葱姜蒜味，全然没有越南米粉的清、淡、雅。米粉细腻光滑，嫩嫩的，柔柔的，白白的，像极初生的春叶，满是早春的生动活泼。即便加以调味食材或调味料，也取之原形原味，绝不打搅其自然天成的气息和品位，绝不矫揉造作生搬硬套，却也不故步自封，一如乡间妹子，真可谓清水出芙蓉，天然去雕饰，好不惹人喜爱。

这里必须说到一个人，也就是前面提及的顺化外国语大学中文系主任廖灵专（Liêu Linh Chuyên）。廖主任的曾祖父是中国广东顺德人士，廖主任算得上是华裔第三代。和我同样的感受，她在越南也面临着行政工作事务繁杂、压力巨大、容易得罪人、费力不讨好等问题，“不如当老师做教授，待遇不会比做行政少”，我感同身受。她与我同龄，丈夫在广西攻读博士学位，自己只身在越南国内打拼，夫妻二人并未生养小孩，“不想养”。这句话给我的第一感受就是，这个人没有爱心，没有家庭观念。然而，后面的交谈彻底改变了我的偏见。虽然做着事务繁杂、压力巨大、容易得罪人、费力不讨好的中文系主任，她每个月的收入也才2000多元，想来即便在越南，这份工资也处于社会的中低层吧。没有家庭的拖累，她就利用业余时间去做兼职，做翻译，当导游，向来自包括中国在内的世界各地游客介绍越南和越南文化，赚取微薄的额外收入。利用自己的工资和打工挣得的收入，她在顺化外国语大学中文系设立“向日葵”助学金，资助那些家庭贫困的学生，助学金已经启动了很多年，也资助了不少贫困学生。“我还有一个Logo，周围是向日葵，向日葵中间是‘信心’两个字”。她的哥哥也在中文系任教，是前中文系主任，甚至她哥哥都不知道“幕后推手”就是自己的妹妹，有一次，她哥哥说“应该调查一下这个助学金，因为不知道这些钱是从哪里来的”。那些受到资助的学生更是毫不知情。她对我说：“你是第一个知道的，哈哈。”同时，每周日，廖主任会联合附近的一家餐馆，做爱心午餐，以每盒2000越南盾的价格义卖给流浪者、病患者、穷困者、无家可归者。“2000越南盾？那还不到人民币1块钱啊！”我很惊异。“是啊，反正我自己也不想留什么钱，留着也没用。工资不够，我就去打工，做兼职当导游当翻译，这样会好一些。”很难想象，一个大学教师，一个系主任，会放下身段，放下面子，放下矜持，尽自己最大的能力和努力，想方设法去做慈善，帮助那些需要帮助的人。这个一米五几的小个子女子，瞬间高大起来，成为一个真正的“女强人”，让我肃然起敬，更让我这个三尺男儿羞愧难当。在回答我“你为什么这么做”的问题时，廖主任说，“我见过了太多生死，虽然我可以很镇定地为受伤者甚者死者包扎、梳洗打扮，但过后可能马上就会晕倒；我见过了自己父母家庭和其他家庭的穷困和无助，虽然我也可以为自己的小家庭付出更多，但这些事情更值得做，更需要我去做。就这么简单。”回国后，我一直想，一个心中没有爱的人，一个心中没有大爱的人，一个眼中看不见穷困、疾病、无助和苦难的人，是无法做到廖主任那样的，也无法体谅她的。

下次再去越南，我想，我一定还会去看看那些汉风流韵的寺庙道观，还会去吃清淡素雅的越南米粉，还会去顺化，去看看廖灵专主任，还会在廖主任接待我们的那家循环播放中文歌曲的餐厅就餐，细细地听她讲那些属于她的美好故事和美好理想。

初稿于越南顺化

2017年4月6日成稿于广州大学城

“千岛之国”华人生存状况一瞥

曾经在英文授课的《中国文化与社会》课上听我的印尼留学生介绍，印度尼西亚（下文简称“印尼”）是“千岛之国”，岛屿之多，有如繁星点点星罗棋布，其中有世界闻名的、中国人热衷前往旅游的美丽的巴厘岛。2017年4月24日至28日，印尼雅加达和巴厘岛，来回5天，除去路途上的1.5天（广州到雅加达半天，巴厘岛到雅加达半天、转机回广州半天），实际为3.5天，2个城市，拜访1个大学并签署合作协议、4所华人学校、1所当地学校、2个华人协会，参加大大小小8场谈判或会见。

我不想谈从雅加达前往巴厘岛时因行李超重而被机场安检员索取20多元人民币“小费”，不想谈我们在该安检员的“协助”下换取登机牌而又被换登机牌的工作人员再次索取“小费”，不想谈在巴厘岛全程陪伴我们的、《Bali Post》（《巴厘岛邮报》）摄影记者兼司机、一路听着英文歌的、70多岁的K. Herlim Prasetya老先生，也不想谈当地政府规定巴厘岛的房子不得高过椰子树（5层）。

我想谈的是印尼华人的状况。相信华人在印尼的跌宕起伏是海外华人的一个典型代表和缩影。

广东省是著名的华侨之乡，据称有2000多万华侨华人在海外打拼、生活。而梅州可能是“出产”华侨华人比较多的地方。定居于雅加达的印度尼西亚中华总商会黄德新副总主席就是来自梅州的客家人，短短一天多的交流中，73岁的他一直自称中国人，我深知“中国人”这三个字对于一个海外华人的深刻含义。应该说，黄主席是第一代海外华人创业故事的代表。他的主要业务是建材，是德国水泥在印尼最大的代理商和经销商，公司拥有自己的港口、码头、产地、厂房、运输线、门店等一条龙服务。我私底下把他比作印尼的李嘉诚，他不一定同意，因为在印尼他的生意可能不是做得最大的。1998年退休后，他的公司分由5个子女经营。他自我介绍说，自己小时候家里没经济条件，没读什么书，“没什么文化”。加之客家人自古尊崇教育、文化与思想，我想这些可能是影响其发达后热衷于教育的综合因素。他一直热心教育，开有多家华人学校，每家规模为2000—3000名学生。最早的一家是雅加达崇德学校，虽然此行没有登门拜访这家传说中规模恢宏的华人学校，但从黄主席的描述中可以知道，一家华文学校能够在雅加达市中心，能够在20世纪七八十年代就拥有上千名学生的规模，其盛况多么令人神往和遐想。没有去成崇德学校的遗憾由八华学校的壮观补偿了。八华学校位于雅加达的新区，有近4000名学生，从幼儿园到高中，各类学习、文体设施一应俱全。学校有自己的开放式礼堂，能够容纳上千人，还有一个室内礼堂，容量也在大几百人左右。学校还有自己的操场、篮球场、田径场等一系列户外活动场所，占地面积颇大。最令我印象深刻的可能包括两个事情，一是学校长达百年的校史馆。学校的历史可以追溯到1896年康有为时期对华文教育的启发和行动，且所有历史都有清晰的脉络和史料、照片等记载。二是学校推崇儒家思想，及目所见都是孔子和儒家思想的标语，学生见到老师或年纪较长者均自觉让路，双手合十，并行鞠躬礼。全校师生还佩戴有儒家思想的小笑脸，“仁义礼智信、孝悌忠廉耻”，一周一字，挂于胸前，时刻提醒注重自己的言行举止，反思自己的成败得失。黄主席是这所学校的主要发起人和投资者，其发展华文教育的赤子之心可见一斑。

4月24日晚，他召集一众华人协会领袖宴请我们，宴请后执意亲自送我们回酒店。路上，我问及华人在印尼成功的主要因素，他说一是勤劳，当地人可能不容易做到。吃苦耐劳是中国人和海外华人的好品德。他随手一指说，你看路边那个卖面条的，生意很好啊，不但是因为好吃，而且他从下午5点一直开到第二天凌晨2点，每天都这样，一般的人是做不到的。靠着这种勤劳吃苦的精神干劲，印尼华人有钱有势有地位，你看这些高楼大厦、生意兴隆的地方，都是中国人的，但也受到当地人眼红。二是善于存钱。“存钱”这个观念放在以前还可以，但在现代社会只能保证过上稳当的日子，并不能做大事业。

窃以为，黄主席自己没有提及的另一个重要特质是他的开放包容心态。甫一开始，雅加达的华人社团——黄氏宗亲总会——只吸纳来自中国梅州地区的人士，类似于“梅州老乡会”，起到互帮互助的目的。黄主席扩而大之，只要在印尼的黄姓华人均可加入，如福建、江浙、江西等等。也正因为这个顶层设计和深谋远虑，黄氏宗亲总会成为全印尼发展最好的社团，遍布印尼32个省中的30个。如果止步于此，黄主席最多只能算一个成功的商人和成功的社团领导者。此后，在此基础之上，他发起成立“百家姓”华人社团联盟，笼络了印尼70多个华人社团，想象一下，全印尼有3000多万华人，“百家姓”聚集着多大的规模和能量。随后，印尼总统Susilo Bambang Yudhoyono（苏西洛·班邦·尤多约诺）在任期间，黄主席推动把“华族”（华人作为一个族群）写进印尼法律，自此，华人具有与其他族群一样的社会地位，可以参选国会议员和总统，任何个人或组织不得歧视。如果止步于此，黄主席最多可以算一个杰出的华侨华人领袖。此后，在此基础之上，他倡导“华族”与印尼原住民彼此接触、互相学习、交互容纳，比如其创办的华文学校也招收穆斯林学生，穆斯林学生与华人子弟一道学习《弟子规》《三字经》《论语》等。黄主席的“族群融合观”就这样一步步羽翼丰满，发展壮大起来，成为一个跨文化、跨族群、跨历史的大观念。我把他与李小龙在美国传授咏春拳相类比，正因为李小龙突破了咏春拳“传男不传女、传内不传外”的限制，打开大门，咏春拳和中国功夫才真正走向全球，成为世界的向往和追求。这些应该都源于他对华人在印尼生存生活发展的责任感、使命感、历史感。印尼黄氏宗亲总会副主席黄威贵赞誉黄主席为“谈判专家”，把他比作与基辛格谈判的“周恩来”，是印尼华人的领头羊、领路人。黄威贵副主席说，“物质要交通，文化要交流”，黄德新主席能够做到这些，是因为他“财大、气大、心大、量大（肚量大）”，倾慕之情溢于言表。

在巴厘岛时，我们拜会了印华三语学校，见到该学校董事长的妻姐陈女士，她说，“那个时候（印尼排华时期），我们连学都没有上，中文学校都被关闭了，没有教材，没有老师，也不敢搞中国文化活动，连过年庆祝一下都不敢。到哪里都不敢说自己是华人或中国人。只能学印尼语。你看我，连自己的姓都改了，我现在不姓陈。很惨的”。我看她名片上写的姓是Setiadinata，对于全然不懂印尼语的我来说，完全不知所云。同样的，黄德新主席名片上的姓也不是“黄”或者“Huang”。回国后，我一一翻看在印尼收到的华侨华人的名片，无一例外，都不再是中国姓氏。

出于对在印尼华人的责任感、使命感、历史感和对华人在印尼生存状况、社会地位、未来出路的忧思，黄主席马不停蹄地积极行动。作为“千岛之国”的印尼时有地震发生，他委派人员，与当地警察总署合作，在华人社群中募集物资和资金，第一时间运送到受灾地区赈灾，既能达到维护灾区秩序的目的，又能点对点地提供直接的救灾服务。黄主席还有一个更加前瞻而宏大的构想，联合其他社团领袖，创设基金会，创办黄德新孤儿院，打算自己投入5000万元人民币，资助孤儿日常生活，使他们接受包括儒家思想在内的教育。如此善举，善莫大焉！

有理由相信，有着跨文化、跨族群、跨历史这样宽大视野和国际情怀的黄主席，一定能够在社区与社区之间、华人与华人之间、“华族”与印尼当地族群之间、华人与祖籍国中国之间发更大的光，发更大的热，做更大的事。

此行行程紧密，唯有最后一个晚上才有一点空隙时间，遂与当地友人们在海边漫步闲聊。情所有发，偶有所感，得小诗如下，聊以纪念雅加达和巴厘岛这些善良可爱积极奋发大有作为的华人朋友。

我要躺在思绪绵延般的任何一朵白云里，来到你身旁，住在你心上。

就想，什么都不想，靠着你的肩，看着爪哇国的天蒙蒙亮。

多想，什么都不想，握着你的手，听着巴厘岛的浪高过一浪。

只想，什么都不想，望着你的眼，默念人世间的情比沙绵又长。

初稿于印尼巴厘岛

2017年5月10日成稿于广州大学城

香的港

2017年6月6日至7日，香港，来回2天，拜访3所高中、1个中介、1个教育机构，参加5场会谈。

作为一个内地人，我已40多岁且有近10年居住于广州，却从未踏足香港，这始终是一件出人意料的事情。最大的原因可能是懒惰，而懒惰源于往来港澳的签注政策，而且停留时间还有限制，一般不超过7天。

香港寸土寸金早就如雷贯耳，但也只是道听途说，始终不太信。密密麻麻的四五十层的高楼，高楼之外春笋一样冒尖的隐约可见的山顶，这就是从酒店望出去的风景。漫步香港街头，街头更加令人感到局促不安，僧多粥少，人多地少，耸立身边的是高不可攀看似不可一世的楼宇，温柔美丽的阳光唯有从楼顶的缝隙中才能觅得方寸投射的角度，方方正正地客套下来，热烈又直接。街头小餐馆已然太小，好像永远在排队，食客却也都中规中矩，队伍则蛇一样地扭捏弯曲绵延，餐馆老板音量或高或低地指挥着队伍，前呼后拥左穿右插上下翻飞，习惯了现代化工厂般的流水作业，兵来将挡水来土掩有条不紊。食客们三五成群，摩肩接踵，偏安一隅，紧凑而谨慎地吃与聊，生怕打扰到身边人，引起侧目斜视。人多地少的另一个结果是，香港的平均步速位居世界前八，位置小、通道窄，唯一的办法是加快人流速度，以速度求数量，因此，步速快是自然而然的。

“鸽子楼”是香港地少人多的另一个证明，顾名思义，就是小得像鸽子笼一样的、供人居住的楼房。极目所见，基本都是此类高耸的“鸽子楼”直插悠悠懒懒的白云霄，几与蓝的天相接。据说，一般中产阶级的家庭也就五六十平方米，上下铺、男女混住可能都是常事。曾有人开玩笑说，即便想在香港轻生，可能也很难得逞，因为人不可能从“鸽子楼”那些细小的窗户纵身而出。“鸽子楼”之小而紧，可见一斑。寸土寸金催生了高昂的房价和房租，填海造楼是必由之路。沿着维多利亚港前行，朋友章文欢说，“不停地填海，要成维多利亚河了”。狭小的香港如此，内地高速发展的大型、超大型城市何尝不是如此？

香港之行首先要感谢中国教育留学交流（香港）中心巩万主任。这个故事很长。2017年4月11日上午，华南理工大学国际教育学院与香港明爱屯门马登基金中学签署教育合作协议，这是华南理工大学与香港中学在国际学生联合培养领域的首次尝试，也是广东省乃至全国高校中的首次尝试。巩万主任在场。当时各大新闻是这么说的，此次合作“开启了粤港教育合作的新模式，将翻开粤港教育合作的新篇章”。从会前会后的交流中得知，巩主任一直致力于香港与内地的教育交流合作，香港明爱中学此次与华南理工大学（简称“华工”）、南方医科大学、广东外语外贸大学等成功合作，即是他在背后从政策上推动促成。此前，香港与内地的教育合作仅限于三种模式：其一，内地高中毕业生前往香港就读大学，这是人所共知的，也是内地学生所向往的；其二，内地高校与香港高校之间的合作；其三，内地中小学与香港中小学的合作。独缺香港高中与内地高校之间的衔接式合作，而明爱中学与广州三所高校一次性签署教育合作协议，则从根本上扭转了这个局面，填补了空白，意义非凡，影响深远。而巩主任则在其中起着举足轻重的“推手”作用。到了香港，巩主任劈头盖脸地抛给我们一个极好的消息，香港政府专门出资资助赴内地就学的在港学生（每人15,000港元），非华语学生即国际学生赫然在内。7月7日，返回广州的我又从巩主任那里得知，“新特首周三上午在立法会说：去内地升学每位香港同学可获发5000港元，免入息审核。香港教育局已约我下周商谈此事”。在香港的两天时间，主任或亲自陪同我们参加各种大小活动，往来策划协调奔波，事事亲力亲为冲在第一线，或委托章文欢老师跟随陪伴，生怕我们因不熟悉香港而误事。不但宏观政策上、经费资助上有设计有谋略，而且具体事务和操作流程上也有计划有考量，巩主任真是战略家，又是指挥者，更是实干家。于华工和广州乃至内地高校而言，于在港非华语国际学生而言，都功德无量，善莫大焉！

在乘坐广九直通车返回广州东站之前，工作之余，时间紧迫，我和同事奔向位于中环码头的香港海事博物馆。虽然三楼在维修，但就在一楼我们尚未全部看完的情况下，这个博物馆已经给我留下了太深的印象。原来，我们的先祖不但创造了丰富灿烂的陆地文化，生活在陆地边缘的人们在生产和生活中也与海洋联系起来，形成了海洋文化，诸如海洋民俗、海洋考古、海洋信仰以及与海洋有关的人文景观等。加上海洋文化的中华文化才是完整的文化体系吧。朋友又说：“要了解香港，香港历史博物馆非去不可！”

中环码头并非只有一个，沿着维多利亚港湾，“S”形排开的是十几个码头。无论前往哪个码头，都不会错过近在咫尺的、20层楼高的香港中环摩天轮，这是民间俗称的香港“伦敦眼”。不但“伦敦眼”几乎复制位于英国伦敦的“伦敦眼”，大街小巷高楼大厦亭台楼阁等的名称、风格、模式或者机制，也几乎让人不由得想起这里曾是英国的殖民地。

作为教育工作者，我当然更关注教育，在港非华语教育工作者讲得一口流利的粤语，这让人欣喜惊讶。更好的消息是，香港也在普及普通话，相信不久的将来，我可以不需要借用我的中式英文或蹩脚粤语与包括在港非华语国际人士在内的香港人交流。同时，香港课堂里的语文、历史、地理、政治等课程也述说香港回归祖国广阔怀抱的温暖故事，香港成为祖国“香的港”，经久流传，生生不息。

2017年7月22日于广州大学城

第二部分

老友记

一个人的博客

今天碰到了豪哥，当然只能在QQ。豪哥是我大学的同班同学，同居四年的室友，但我更愿意叫他豪哥，这样更有一种义气和情意在其中。

豪哥是四川人，与典型的东北同学相较，豪哥只是文弱的南方才子。豪哥嗜酒，记得在长春时，每逢豪哥文章发表或兼职酬金到位时，必到七八里开外的八里堡，沽上一斤白酒，称几两花生米，或是买点卤菜腌肉，从曲曲折折的东北街道回到宿舍，门尚未开启，就听得“弟兄们！喝酒喝酒喝酒”。学生时代总是比较穷困，当然穷困的意思基本是物质上的，而穷困的含义也是嗜食好喝。豪哥未进得门来，同学们已然飞出了宿舍，酒菜随之散在各人手上。豪哥还要招呼“都来都来”。斑驳的桌子已经围满了兄弟，一阵手忙脚乱，食物即被卷了残云，留了漏网的花生米兀自在桌子上打转，有眼疾手快的，忙提溜了去，豪哥见状，大呼“住手！”。花生米眨眼间入了嘴。纷乱中，手脚不够麻利者只能挤进脑袋去，捞取些许盘沿碟壁的角色，聊以充数。“不急不急，还有酒呢。”于是，大家啧啧起来，大赞“好酒好酒”，天南地北一番后，四散而去。菜肴已尽，豪哥只好去食堂打了饭菜，就着土豆炒土豆、豆腐拌豆腐，喜滋滋地自斟自饮。年纪尚幼的我，会在豪哥的怂恿下，呡上一口半滴的，豪哥见了，说“干了干了”。于是，我就干了。那种烈性和悠久的酒香，是多年以后场面上的茅台、五粮液之流所无法比拟。

窃以为，嗜酒之人，若非酒徒，即是诗者。豪哥是后者。长春时，豪哥即开始文学创作，诗词常见诸大小刊物。小说也时有听闻。记得一历史教授要出一套历史题材小说，找到了豪哥，豪哥当即允诺下来，还把我也拖了出来，以示于人。不才深知任重道远，但架不住豪哥的“威逼”和教授的“利诱”，终于同意为之。事后才发觉，这是一个多么错误和严重的抉择。得到任务，豪哥沉思默想数日，某天，告知我要动笔了，我正要一笑了之，豪哥已经飞奔至教室，泼墨挥毫。我则无头苍蝇似地游走于各个资料室，在浩瀚的传说中沉迷自己，更在伟岸的历史中体验着自己的渺小。豪哥的速度是神奇的，不几日，几千字便已跃然纸上。虽然我在大学时有点不学无术、不务正业、不思进取，但还是读过少许名著的，但把豪哥写的东西拿来一看，还是惊叹不已，豪哥只是笑笑，说“程哥见笑了，程哥见笑了”。都说女人的直觉厉害，自此以后，我开始相信男人的直觉。

曾经不止一个人问过我：“你在大学学到了什么？”开始时，我尚不在意，问得多了，细致一想，就有了一个固定的答案，但逢人问，就好像一个网兜一般，套将进去。大学里，你可能学到了圆滑的人际交往法则，你可能学到了无数的文学史知识，你可能学到了花前月下卿卿我我。我却要说，大学里不是学到了什么，而是得到了什么。我们得到了强健的躯体、不屈的意志、生存的能力和还算高超的篮球技术。而这，首先要归功于豪哥。豪哥是带着篮球技术走进大学校门的，而且至今是一个十二分足的篮球迷，可谓是逢篮球赛必看，每看必唏嘘不已，或手舞足蹈，或黯然神伤。直到大学二年级才发育完成的我，天生一副弱不禁风的模样，给人一种严重营养不良的印象，偶尔还勾起不少人士痛恨旧社会的情愫来。豪哥要出得门去，怀里是一个硕大的篮球，就说：“阿程锻炼去！”“同去同去。”于是一同去。从此，不管是刮西南风还是下东北雪，不管是梅雨绵延还是酷热难熬，球场上都有一班同学活跃的身影，我也穿插其中，不亦乐乎。人年轻，奔跑不是问题；问题是一班人等，技术良莠不齐，争端蜂拥而至。而学文学的同学们，口才基本都一流。一时间，真是公说公有理，婆说婆有理。照此发展，球赛是比较难继续下去的，即使是锻炼身体的目的也蛮难达成。总有同学抱住了球，指手画脚天上地下地讨论辨析，定要分出个你错我对、他是她非来。这时，豪哥总会大手一挥，拨云见日地化解蔓延的矛盾，使得打篮球这事得以良好地循环运作下去。

毕业至今已有9年，与豪哥不见亦有9年，偶尔的联系中，一一得知豪哥结婚、生子、晋升。不变的是，豪哥这三项“活动”未减当年。酒还是喝，但已不是当年那三两块钱的散装酒；篮球还是打，但驰骋的是豪哥一个人的身影；文章还是写，但多了人生的沧桑和历史的积淀。偶见豪哥的文字，是一种与身体不相称的忧郁和风骨。看着豪哥的博客，我情愿相信这是豪哥与生俱来的气质风格。那对老父深远的刻画，那对情绪细腻的描述，那对女子一往情深的叹息与呵护，那对姑娘温存的父爱，那对同窗悠久的记述，极大地触动激发了我，极大地以理想主义的方式惊醒了我。

我不知道自己读懂了豪哥的博客没有，但至少我知道，豪哥的博客是写给一个人的，这个人承载着一个传说，诉说着一段情缘，遥望着一方水土和梦想。

2007年12月20日于美国堪萨斯

2017年5月12日改于广州大学城

M的一米阳光

好久不见M，再见时，M已经和丈夫离了婚，“孩子判给了前夫”，她说，很准确地使用了法律术语。这顿时让我感到她心里的伤与痛。

M是大学同学，个子小小的，眼睛小小的，脑后一条马尾辫，走起路来一甩一甩的，生动活泼。M是一个不爱动的人，在大学里，男生自不必说，女生大多蹦蹦跳跳，排除考上大学的溢于言表的喜悦和放肆之外，女生或者跟在男朋友的屁股后面，作爱运动状，不是打球就是跑步，或者与男同学厮混在一起，昏天黑地地玩。所以，对香汗淋漓的女生，我是不会惊诧的。偶有文质彬彬笑不露齿碎步连连的女生，倒是校园一景了。所以，当M拖着一条马尾辫一甩一甩地晃动时，印象就比较深入人心了。但是，我疲于在球场和食物之间奔命，无暇驻足细看，M的影子就此一现，随即消失于茫茫人海。

大学的时光总是太美好，在扯皮捣蛋中，在神吹海侃里，在无事生非下，在得瑟神气中，在懵懵懂懂里，在忙忙碌碌下，大把无限美丽的时间就流走了。转眼之间到了大四。当时有一段相对来说比较经典的话，以形容大学时代的生活，很有必要录在这里，情况是这样的：大一时，不知道自己不知道；大二时，不知道自己知道；大三时，知道自己不知道；大四时，知道自己知道。惭愧的是，到了“知道自己知道”的时候，我还是“知道自己不知道”，这就是问题的所在。因此，我痛下决心，洗心革面，重新做人，开始了漫漫考研路。等得抱着一堆书书本本跑到教室，才发觉有很多和我一样做出同样英明抉择的人士，一时间，教室恍惚热闹的市场。东北的天气是比较冷的，于是有人因此而放弃；爱情的力量是伟大的，但有时候也会拖后腿，于是有人因此而退却；家庭的压力是现实主义，于是有人因此而逃离。到了最后，坚持留在教室里的考研人士就寥寥无几了。M是少数能坚持的人之一。当然，我也是之一。

考研是辛苦的，辛苦的是，每个晚上都必须骑着破旧的自行车到另一个大学去听课，风雪无阻。到了11月，入了冬，东北的天气就格外冷，是零下二三十度的冷，单薄的衣物难以遮掩，风就撕开口子往里钻，拼命地钻。雪后的路途湿滑，叮叮当当响的单车叽叽歪歪地溜，贼一般。当时还风传“刨锛儿党”，就是用锛儿在后脑勺一刨，人立马断气倒地，以达到抢劫财物的目的。一想到“刨锛儿”三个字，后背就直发凉，就会下意识地摸摸后脑勺，看看自己是不是已然血肉模糊面目全非。M就在这样的语境下拦住了我，问我：“晚上你去某某大学听课吗？”“去呀。”“那”，M的语气有点犹豫，“你能不能带我一起去？”声音已经小了很多，准确地说是小了非常多，几乎到了听不见的地步。“没问题！”我很大男人地回答。其实，她哪里知道，在“刨锛儿”现身并杀了一个人的那个晚上，一贯同行的同志们都不约而同地没去听课，害得我一个人从万人空巷的街头飞奔回来，一身的冷汗和热汗交加，头大如麻。晚上如期而至，但同志们都出乎我意料地要卖命去听课，队伍就比较浩浩荡荡了。浩浩荡荡的队伍开去，又浩浩荡荡地开回，M坐在车后座，轻轻地，若有若无。“冷吗？”我问。“还好。”“肯定冷，我天天来，都快冻死了。”“呵呵。”M只笑笑，没有说话。“把手放我口袋里吧，暖和一点。”我说，“还可以抓住别摔了。”M的手伸进口袋，路途变得平稳，风没了钻的空子，路灯也闪闪地亮。

等待有时候是幸福的，比如等待研究生录取通知书。M和我一样，都处于等待中。

很快，这种等待就成为现实，一种幸福的现实。M留在了东北，我奔向了西南，从此天各一方，音信杳然。

之后是M去了南方，之后是M的婚讯，之后是M生子，之后是M离婚。那天，M问我：“你还记得大学时你骑车带我去某某水库吗？”一阵沉默的我，M又说：“我们还蹲在一户农家院子前摘野菜呢。”记忆一下子回到了10年前，那个阳光明媚的午后，那个树叶吐芽的早春，那个凉风习习的水库，以及那泛着七彩光的如镜水面，农家绿意油油的野菜新苗。破旧的单车在喜悦和幸福里飞驰，又飞驰。

云南丽江的玉龙雪山有一个美丽的传说，说一对青年男女在彼此父母极力反对而婚姻无望的情况下，双双殉情于此，上天为之感动，遂洒下万丈阳光，普照他们，要使之幸福。风神嫉妒，卷来乌云密布遮盖掩埋，风神之女同情他俩，就把上天的阳光剪下一米，重新照耀这对为情而生、为情而死的恋人，青年男女得以再次幸福美满。我不知道M婚姻中的“风神”是什么，但我祈愿，M的一米阳光会很快降临，并明媚地普照。

2008年1月6日于美国堪萨斯

2017年5月12日改于广州大学城

在原地，流浪

雪，总是忧伤着什么。

认识媛是在一个下雪天，正如现在无止息的雪一样，仿佛要吞了这个世界，或者又要掩埋些什么，这我都无法确定。那场雪，这场雪，注定是哀怨的，还带些凄婉与彷徨。

那时的媛刚和丈夫离婚，心情之糟糕可想而知，孩子也在婆家的蛮横无理下留给了男方。我不能去考证她所说的是否真切，也不想去核实她倾吐的是否在理，但我知道，作为一个三十好几的男人，我每每离开家几天，老妈就会魂牵梦绕，日期夜盼儿子我的电话。所以，我理解了媛的心情，同时也口头谴责了媛的丈夫的不是，但也仅此而已。媛的情绪非常低落，甚至有了自杀的念头。到了办公室人去楼空的时候，她总会在电话里神经质般地念叨，“真想从楼上纵身一跃，了此残生”。媛上班的写字楼很高，公司是她和丈夫（应该是前夫）一起创办的，此情此景，她说出这样的话，我就相当惊惶，真怕有某个晚上，从楼上飞下来一个轻飘如风的身子，骤然坠地，化作一摊无声无息的存在。我曾经不止一次地去过庐山，那里有一个有名的地方，叫龙首崖，万丈悬崖，如刀削斧砍，决然而立。很少有人知道，龙首崖以前称为舍身崖，据说传说中的一位高僧，到了庐山，见此奇丽绝美之景，自觉已无他求，遂纵身而下。每每凭临崖壁，我都有舍身而下、夫复何求之念。所以，我理解了媛的心情，同时也强烈感受到自己对纵跃坠地的急迫。庆幸的是，媛没有纵身而下，同样，我也没有。或许，这就是生活，超越肉体忍耐与精神磨折的生活，总是有千万个理由在背后强撑，又强撑。

到这里，你和我一样，对媛的理解完全是肤浅的、层面上的。

媛的深刻忧郁与无助来自她的身世。和许多散而复合的孩子不同，媛始终无法找到自己的亲生父母，我知道，这才是媛心中永久的痛楚。自打一出生，媛就被现在的父母领养，媛从来没有自己的家，更从来没能够回去过，一个生命和一段人生的交接在医院完成，媛被抱到养父母那里。养父和养母都是再婚，但养父并没有真正爱过他的性情刚烈的美丽女人，她一生没有自己的孩子，命运多舛的养母的意图无法实现，随之而来的是无休止的谩骂和不照顾他的报复。媛的童年一塌糊涂。但是，刚一买房，媛就把他们接了过来，说是要尽孝心，这让我既吃惊又佩服。但媛始终没有放弃寻找亲生父母，反复追问当时“交接”的医生护士，当时“居住”的左邻右舍，当时“接替”的前因后果，媛没有放过任何一点点线索，但都无果而终。媛只能等待，等待“他们”的出现，等待“他们”的良心发现，等待“他们”的从天而降。几十年过去了，媛离婚了，亲生父母还是音讯全无。“既然不要我，当初为什么把我‘制造’出来呢？”媛的怨忿里略带凄切。“我甚至都不知道我姓什么。”“孩子也判给了他，在这个世界上，我就自己一个人。”我没有办法安慰媛，只能眼睁睁看着她的泪水淹没了一切。我想，也许，我们每个人都和媛一样，永远都是自己一个人，永远都无法知道自己从哪里来，永远都无法知道自己为什么会在这里。媛望着我，我看见她身后一冬的雪光。

离开之前，媛在我新买的房子的电视壁上画了几幅画，画面上，是挣扎的绝望，被抛的抽象，以及时空的交错与缠织。那一刻，我想，我是读懂了媛的。

我不会忘记媛曾经对我说过的话，她说，有一天，她坐公共汽车回家，身旁的车窗套索着一个又一个断断续续的画面，黑白相间，她说，这就是人生。

到了美国，我特意去了一趟纽约的大都市艺术博物馆，因为媛说过，那里有世界上最好的现代绘画艺术，我给她买了现代艺术画集，我不懂艺术，更不懂绘画，但我希望，这本画集和我拍的绘画照片，能够带给媛些许生活的精彩，即使它们是零碎的、断断续续的，恍如这人生。

忧伤的雪，一直下。

2008年1月27日于美国堪萨斯

2017年5月12日改于广州大学城

一个人的战斗

不见“二少”，已有10年。每每想起，总难释怀。

二少并不是什么少爷，而是大学时的一个同学，聊以调侃之称。

当其时，二少睡在我的下铺，对于先一步到达的二少为何不选择睡上铺，我至今仍感觉扑朔迷离。当时的二少很西式地耸了耸肩，摊开了手，回答道：“下面，安全。”于是我就在“不安全”的上铺优哉游哉了四年。

等到一切安排就绪，来自五湖四海为了一个共同革命目标走到一起来的同志们就有一搭没一搭地聊开了，都是第一次出远门，首席话语自然是籍贯。二少说他是江西人，我有点吃惊；那江西哪儿的呢？我问。赣州，二少答。我很吃惊；赣州哪儿？大余。我的吃惊就由很吃惊转化为相当吃惊。大余和定南是隔壁！如果不是第一次见面，我怀疑自己能否控制住自己不扑上去把二少抱个满怀。我们很友好很礼貌又不乏剧烈地颤抖了彼此的手，感受着家乡的气息和温暖，各自送行的亲人见此情景，就都放下了久悬的心。于是，我们彼此约定，以后回家或返校，一定相伴而行。

美好的大学生活刚刚开始，面对的就是“非人”的军训。当然，这是城里孩子的看法，对于农村娃儿来说，军训完全是小儿科，与勤苦的田野劳作相比，军训可算是休闲了。而二少对待军训的态度就是纯粹休闲活动，以至于连长不时地对之侧目，表现着心口难开的郁闷和不满。回想起来，连长是英明的，也是睿智的，如果当时的连长大开金口，就会是一番“兵遇到秀才，有理说不清”的境况了。二少是真正的秀才，是全县有名的秀才。二少淡淡地说，他的高考分是600多分。这是一个上重点大学如中国人民大学、南京大学、北京航空航天大学、哈尔滨工业大学而绰绰有余的分数。同志们考上大学的极度喜悦顿时在二少的面前打了蔫儿，而二少在一帮三四流分数的人群中厮混，味道肯定很不好受。同志们的蔫儿没有持续多长的时间，就被盲目美好的大学生涯和无限憧憬的美好时光冲昏了头脑，一切遂生动活泼着，朝气蓬勃着，意气风发着。与此相反，二少全然没有挣脱枷锁重获新生和自由的喜悦心情，一天到晚耷拉着脑袋，魂不守舍，魄不在家。过了晚饭时间，二少往往还未回宿舍，问他，说是出去溜达了，再问去哪了，说就在学校里。谁都知道，那时校园是有名的小，根本达不到足够溜达半天一天的地步。疑问归疑问，二少从抽屉中、桌子下、背包里翻出一大堆食物，琳琅满目地散开一桌子，已然相互熟知的同志们就猛虎下山恶狼扑食，大家饱餐之后，感慨万千，然后四散而去。也就在这时，才见二少脸上的笑，发自肺和腑的笑。

转眼寒假来临，同志们各自忙活着回家的礼物和物品，虽离家不是很久，但回家的心情都蛮迫切。二少依然是神龙见首不见尾，等到要上车时才慢悠悠地现身，后面是偌小的一个背包，我很惊奇，问，怎么不带些东西回去？二少说，带什么呢？带什么都可以呀，比如东北四宝、人参鹿茸什么的。已经买了。再要问，二少手一挥，说，已经寄了。我后来得知，二少的包里容不下其他东西，只能是书，哲学书、英文书以及各种名人传记。每次回家，我都尝试着带些书本回去，以示好学，结果显示，都是门面工夫。一来，火车上根本没有阅读条件，绝大部分时候甚至连个座位都没有，从长春站到北京，从北京站到韶关，一路站下来，几乎是70个小时，这还不算中途签证倒车的恐怖时间，哪来阅读的兴致和情调？二来，回到家，不是串门走亲戚就是喝酒聊大天，也没有阅读的时间和空间。我对二少带书回家就有点存疑，车上和家里就不是看书的地方。二少深不以为然，上得车，还真就拿出书来，倚了他人座位的一侧，或靠着厕所的门板，毫不在乎地看起来。几次之后，我很是不服，说，你能看得进去吗？二少笑笑，没有说话。我抢过他手里的书，一本砖头厚的英文词典。见我不信，二少示意我，你问吧。我捡了几个自己知道的单词抛过去，二少不动声色，一一作答。我暗暗惊讶，忙翻找了几个如“盲肠炎”“骨质增生”“涨停”“像素”“电路板”等（恕我忘记了这些单词）的生僻单词，二少不假思索，一一作答，毫无错误。我惊诧莫名，这些我这辈子可能都不会用到的词汇，二少都能对答如流。那一刻，我真正感受到二少对自己沦落的无奈以及对沉沦的无声抗争。

正如初次见面的相约，每次奔波于学校和老家之间，我和二少都结伴而行。当时的我们，既没有传呼机，更没有手机，唯一的联系方式就是等待，原地等待。一次，寒假后返校，我在定南左等右等，就是不见班车来，一打听，原来是路基被冲毁了，没办法，只好让一个初中同学帮忙，开摩托车把我送到韶关。到了韶关，已是7：15，北上的火车一贯是晚上8点，我直奔车站，车站没有二少的影子，我有了自己一个人上了车再说的想法，难说二少那边的路基也被冲毁了来不了呢。7：40，火车马上就要开了，同学也催促着，我提着行李要上火车，心里琢磨二少不会是来了吧，就返回桥头观望。肆无忌惮的滂沱大雨下，二少伫立在空无一人的桥头，全身湿透。“你怎么还在桥头等啊，那么大的雨！”我说。二少甩了甩头发，说：“怕你来了不见我，就一直在这里等啊。”看着落汤鸡般的二少，我明白了什么是君子一言。从此以后，无论多大的雨，无论多厚的雪，无论多难走的路，我都会准时出现在韶关桥头，而二少也一如既往地提前守候在那里。我们的邀约不再经历漫长的等待。

四年后，大学毕业，同志们劳燕分飞各奔东西。男男女女大大小小东东西西南南北北都偶有联系，唯不见二少的消息，多方打听，亦毫无所得。二少彻底消失于同志们的眼线和视界。

如今，还是没有二少的音信。我不想再刻意去打探二少的近况，但我知道，我们的二少一定在某个地方，以自己的方式，一个人，战斗着！

10年已过去，只想问一声，睡在我下铺的兄弟，你在他乡还好吗？

2008年2月9日于美国堪萨斯

2017年5月12日改于广州大学城

一场意料中的意外

我一直对B说，为人处事要低调低调！但B就是不听，这不，出事了不是？事情出得还不小，涉及饭碗问题。然而，B一副“此处不留爷，自有留爷处”的模样，说道：“老子辞职，不干了还我！”B的“前工作”是B最喜欢的，这个样子的B，有点无可救药的味道，让我很无语。我还能够说么事呢，说什么事都为时已晚，况且，这时的B也是听不进去的，哎呀呀呀呀呀，年轻人啊年轻人。转念一想，B也不乏凛然之大义，心底里又不由得有点佩服起B来，毕竟，不是谁都有勇气说辞职就辞职的。这样一来，搞得我自己都有点糊里糊涂了，没办法，谁叫B本身就是一个让人糊涂的人呢。

要是在以前，B的确是比较低调的，但是现在总是一只争斗获胜的小公鸡一样，别人对你说三道四指手画脚评头品足自然在所难免了，怪不得别人了。鉴于我的糊涂，以下只好对B的陈年往事作一些怀旧式记述，聊以慰藉B，并在适当的时候对B当下的状况加以补充说明，聊以宽慰我爱莫能助的伤感与愁闷。

话说当年，B和所有苦命孩子一样，拎着蛇皮袋和其他包袱，意气风发地来到遥远的东北长春的大学校园，用现在的话来说，就是母校了。按原计划，当地的文科高考状元，上了大学，应该是三步一跳、五步一蹦的，结果却不然，毕竟大学里人才济济，能够考上大学的都是有真才实学的人，而且由于外貌、经济、出身等不占优势，B只能一步一个脚印地努力。B来自农村，温饱是一个问题。虽然学校里每个月会按时给同志们发些银子作为饭票之用，但真的是杯水车薪。而B的家里供B上大学的费用已是东拼西凑，全然没有能力再支付B的额外消费了（包括吃饭买菜）。B经常面黄肌瘦，让人一见顿生怜惜之意，我的情况和B相比，也好不到哪里去。鉴于如此众多因素，我和B自然有了更多共同语言。到了晚上，自习回来，东北的瑟瑟寒风中，最大的感受就是饥寒交迫，我们共同的办法是煮方便面吃。方便面其实非常好吃，在大学的饥饿的日子里。但是，光吃方便面是不行的，为了令寡淡的方便面变得可口，我们搜索枯肠，想到了富含多种维生素的大白菜，它易于保存且价格低廉，正好切合我们的经济状况。所以，入冬后，东北人都会一卡车一卡车地往家里搬运大白菜（土豆亦然）。学校也一样，操场上堆满了不是？于是，我和B等就大大方方握了塑料袋，踱到操场，认真挑选上好的大白菜，然后在凛冽的寒风中杀回宿舍，和着方便面那么一煮，香味就悠扬地飘散开来，害得晚回到宿舍的同学只得后悔不已。由于吃得太多，毕业参加工作之后，我见不得方便面，见一次半个月食欲全无。都是大白菜惹的祸。

虽说B来自农村，但对吃很讲究，这从一个侧面驳斥了农村人不讲卫生的谬论。每顿之前，B必取大蒜一头两头，规规矩矩地立在桌子上，取了一头，一瓣一瓣肢解下来，偶有蒜皮鸡毛般地洒落或飞扬，便即刻收了拢来，置之于垃圾桶。不多时，大蒜就四分五裂分崩离析了，然后的工作就是使用其纤纤玉指，优雅地剥了蒜的外衣，桌面上顿时熠熠生辉晶莹剔透起来，亮晶晶的，好像不规则的星星。事毕，B大张其口，一瓣瓣的蒜倏忽间进了B的嘴，"嘎嘣嘎嘣"，传来清脆的响，那是蒜被咀嚼碎的声音。见其吃得津津有味，我也曾义无反顾地试了一试，结果发现，味重得让人窒息。而同室的其他同志们也都跃跃欲试，结果如出一辙，无功而返，铩羽而归。而且B的哈蒜味的印象让人挥之不去。

毕业10年了，我和B巧遇在一个又一个城市，而他的"哈功"变得更加出神入化。每每到了饭馆或酒店吃饭，B

的必选项目就是：小姐，先上两头蒜！而我也在这种恶性熏陶中，慢慢对蒜产生了感情。终于一天，我忍不住问B：“你怎么那……么……喜欢吃大蒜头？”B的回答让我回味了许久，他说：“无他，蒜杀毒。”

如今，听B说他辞了原工作，欲到另一个城市去发展，那是一个美丽而温和的城市，我不知道B在那里还能不能与在东北长春和武汉一样吃到猛烈而持久的蒜，但我始终希望，我们哥们的感情能够像大蒜头一样，热烈，鲜活，持久，回味无穷。

2008年3月8日于美国堪萨斯

2017年5月12日改于广州大学城

夫子轶事

夫子本非“夫子”，其中有一个典故。那是大学时期，大家刚刚聚了拢来，第一次见面，夫子就说：“子曰：‘有朋自远方来，不亦乐乎？’”从此，夫子就以“夫子”得名，以至于10年后的今天，我几乎忘却了他“老人家”的尊姓大名了。

且说夫子如此开门见山之后，都勾起了大伙在高中时各自的记忆，却又都“英雄所见略同”并“惺惺惜惺惺”起来。夫子是一副瘦弱的身板，与传说中孔老夫子身形的差距还是比较大的，而夫子大大的一副黑框眼镜更加深了这种形象，此处略去不提。

至今回想起来，夫子最突出的一个特点是嗜睡。对于我们这一代人而言，考上大学，实是人生一大幸事，因为当其时，大学尚未扩招，不像现如今，读书容易上大学。那时的我们，在高中即使不是数一数二，也是名列前茅的。而毕业之后的工作问题，根本就不是一个问题，想想毕业之际用人单位要人的那种急迫性，可能是现在的大学生们甚至研究生们所垂涎欲滴的。当然，当时的夫子并未预料到4年后的这种盛况。至少，上了大学，已经是高枕无忧了。自进了校门，夫子就特意去买了一个大枕头，预备大睡特睡。枕头之大，与夫子弱小的身子形成了鲜明的对比。夫子抱了枕头，同志们就开始打趣起来，有恋爱经验的说："夫子，单靠一个枕头是不解决问题的，本人强烈建议你立马谈恋爱。"夫子只是笑笑，眯缝着细小的好像永远睁不开睡不醒的眼睛，云："兄台此言差矣，恋爱事小，失身事大，不妥不妥！"有人说："夫子，这么搞是不行的，大学大学，有大学问耳。"夫子乜斜了一下发言者，曰："大学者，无大睡，何以为大学耶？况庄生有言于先，'昔者庄周梦为蝴蝶，栩栩然蝴蝶也，自喻适志也！不知周也。俄然觉，则……'"未等夫子说完，大众忙呼："睡去睡去！"夫子大摇其头，一副"道不同不相为谋"的表情，便严正地摆平枕头，囫囵躺倒，大梦周公去了。各色人等遂各自忙活开来，打牌的打牌，吹牛的吹牛，胡闹的胡闹，一团糟，而夫子就在这种恶劣的境况中，怡然自得地酣然着，坦然着，睡着。夫子的睡功当然绝不简单地停留在这种闹中取静的境界。周五晚，夫子用膳后，粗略地洗漱毕，就急不可待地爬上了心爱的床，当时，时钟显示北京时间为18:23，其他人谈恋爱的谈恋爱去了，跳舞的跳舞去了，扯淡的还在扯淡，而夫子似乎对此等事情均无兴趣，小小的脑袋刚一触及枕头，就已呼呼然了。由于夫子有睡大觉的前科，大家都不以为意，没料，夫子这一睡就到了周日的上午，等得大家惊觉，忙不迭凑到夫子的床前，以手探其口鼻之气，看夫子是否活着，这一探不打紧，夫子气若游丝，有好事者，以细发挠其耳洞，夫子辗转一回，酣然依旧；不甘心，挠其鼻孔，夫子受困，大大地“哈欠”，众人以为他必醒无疑，岂料“哈欠”过后，夫子大张其口，似要咬人，5秒之后，红唇徐徐合拢，却又睡去；众人兴致高涨，有不够耐心者，一手捏了夫子两个鼻孔，夫子此路受阻，嘴重又张开，人一手拿了辣椒，扔将进去。夫子大呼一声，众人落荒而逃。夫子此程困觉，历时39小时54分钟17秒。而据有的同学的不完全统计，夫子大学期间用于睡眠的时间约占整个大学时间的三分之二强。多年之后的一次闲聊中，我问夫子，为什么能够睡近40个小时的觉而不用上厕所，夫子曰：“易矣，多进食，少饮水耳。多进食者，保证足够能量是也；少饮水者，可不必排泄是也。持续作战之最高境界，必讲究战略战术！”我深以为然，屡试不爽！

为了不让夫子老睡觉，并且怡情说性、融洽关系，同学们发动夫子周末去跳舞。夫子对此相当不屑，用他的话来说就是："鄙人不以为然。""何也？""舞者，当为晚上，扰吾清梦也；又男女互搂，实为不雅；又……"夫子还要絮叨，早被身强力壮的室友拖了起来，丢在了门外，"咔嚓"，门被锁上！夫子嘴里还在"苦也苦也"，已然被一帮人弄到了舞厅。说实话，对夫子来说，舞厅无异于刑场。夫子对跳舞全然没有兴趣，对男女搂搂抱抱的也甚反感，而且夫子身体协调性极差，再加上脸皮薄，夫子坐在那里，仿佛一尊雕像，木讷而无聊。好在所谓的舞厅也只是本班上课之用的教室，挂上几条彩带，吹上几个气球，关了正常的灯光，一摁古老的收录机，音乐飘散开来，就算是舞厅了。跳舞者也都是本班同学，美其名曰扫盲舞。夫子略略解除了紧张情绪，正要找寻机遇溜，一个女同学袅袅地走了上来，一只纤纤玉手伸在夫子面前，夫子一惊："这……这……不好意思，我……这……不会……那个……什么……""没关系，我教你。"夫子正要磨蹭磨叽，只觉得背后被谁推了一把，踉踉跄跄中，夫子已经摆在了女生面前，诚惶诚恐。夫子正要回头，手已然被女生抓了去，灯光迷离起来。优美的华尔兹舞曲中，只见夫子机械一样的身板，僵直地前前后后，根本没有左冲右突、上下逢源、天旋地转、游刃有余的感官享受和审美意味。一个晚上下来，夫子大汗淋漓，但毫无进步，令该女生大失所望。鉴于夫子如此"孺子不可教也”的表现，征得女生同意，众人一致认为，完全可以恭送夫子另一雅号“推土机”，并立即执行。从此，夫子的称号遂以“夫子”和“推土机”共存而并行不悖。而众人再也不会从酣梦中把他拖将起来，扭送到舞厅了。

夫子的另一个特点是，心境泰然。一次，班级远游，火车只剩3分钟开车，左顾右盼之际，不见了夫子。众人正想夫子定要错过这趟火车而要想办法联系夫子时，就见夫子悠悠地迈上车来，大家忙问，干什么去了，火车都要开了。夫子云：“方便去也。”又反问：“火车上不有厕所吗？”夫子云：“车上之方便处，此时尚未开放。”又质问：“你就不能等吗？”夫子云：“不急不急，吾有充裕时间焉。”说话间，火车缓缓开动，一道道美丽的风景肆无忌惮地展现在大家的眼前，瞩目而诱人。

毕业10年，夫子这道独特的风景依然深刻地印在大家的心里，特立独行地绵延，像一个久睡不醒的梦。

2008年3月15日于美国堪萨斯

2017年5月12日改于广州大学城

谈一谈覃

我从来不去计算时间。除了现在。

10年。距离大学毕业就快10年。

同学们在网上吵吵嚷嚷，是关于10年的同学聚会。说实话，时间太久，很多同学的音容笑貌都快忘却。据说，老的老了，胖的胖了，丑的丑了，这很让人伤感。有的人却难以忘怀，比如覃。

覃是广西人，很典型的广西人。个子矮矮的，头发不算茂盛，但很茁壮，像他的性格，牛一样。也戴眼镜，有些文人气质，虽然他不喜欢所谓的文人，但这没办法。眼镜之后是他凌厉的眼，透露着不屈和倔强。我去过他的家乡，那是1999年某月某日，覃那种顽强执着的存在，那种积极向上的态度，那种不屈不挠的韧劲，加深了这种本来处于表面的看法。

覃给人印象深刻的是一手好字。在我去过他的家乡、参观过他的母校、走访了他的族人、认知了他的亲朋之后，我仍然无法得知他何从练就那龙飞凤舞、飘洒自如的书法。他的母校是一所普通的中学，和我所见过的任何中学相比，没有什么异处；从他的族人和亲朋的嘴里，也没有他得到真传的证据；我把这归于他自己的努力。是的，他是一个勤奋的人，试想，在一片风景秀丽却土质贫瘠的山地上，在一个几个小时山路之后的村子中，在一栋木头搭就的房子里，勤奋或许是最好的出路。广西盛产榕树，离开之前，我特意对覃说，要挖几棵回昆明去种。覃的父亲听了，二话没说，扛起锄头就到了后山。我很过意不去，忙跟了去。覃抄起一把家伙，已然冲在了前头。榕树耐阴，根系发达，小小的一株，挖将下去，往往早已盘根错节、不知所终。因得知欲作为盆景，覃的父亲执意要挖掘长在石缝里曲曲折折袅袅娜娜的一棵。挖掘不是件容易的事，拔除杂草、清理石块、除去淤泥，一锄一锄挖下去，一个足以容人的大坑豁然开朗。等得榕树的主体部分基本脱离，覃的父亲和覃非得把一丝丝细小的根也挖出来，说：“这样好养。”回到昆明，我把榕树送给了一位女孩儿，将覃的父亲传授的办法教给她，但是不多久，女孩儿通知我，榕树死了。不知道是我千里迢迢的颠簸窒息了榕树，还是榕树缺乏爱情的滋润，抑或是她受不了昆明的高原反应。榕树的死，让我很伤心，我一直没敢告诉覃的父亲和覃，直到现在。这是一种无言以对的辜负，但我看到了覃的那种深刻的执着、执拗。

覃的执着还在于他的爱情。作为当地的一大才子，覃可谓远近闻名。而在大学，这种名气丝毫未有减缩。除了一手好字，覃对诗词歌赋也样样专精，另外，覃还深谙学术研究之道，他的文字常见诸报纸杂志，学术论文也不时获奖，这对于一个大学生而言，实属不易。覃是学校的名人，虽然长相稍逊，但追求者甚众，甚至不乏明目张胆者。对此，覃均一一婉拒。他告诉我："家里有人。"当时的大学生是不可能结婚的，我以为是童养媳。覃哈哈一笑，你呀，封建思想作祟，新社会了怎么可能啊?! 后来，覃告诉我，他有一个初恋情人，没考上大学，还在家乡等着他呢。等到毕业一年后我去覃的家乡，他特意带我去了县城，说是有大事。到了一个所在，覃示意停住，举头看时，是一家百货公司，说："我经常和你说起的戈比就在这里。"覃的手指向里面。戈比就是覃的初恋情人，大学四年，他一直说起，说是从高中开始相恋，直到覃考上大学离开那个小山村。我不信。覃说，你进去找那个穿白衣服扎长辫子瘦瘦的，然后喊她"戈比"，看她什么反应。狐疑之间，我踏进了门，按图索人，很快就对着那个女孩叫了声"戈比"。面对突然而来的说普通话的陌生人的问候，女孩半天没有动静。覃笑嘻嘻地跟进，和女孩拥抱在一起："这就是我经常和你说起的程哥。"浪漫何须娇艳的鲜花？浪漫何须昂贵的珠宝？浪漫何须倾城的美貌？一次意外的惊喜，一场八年的等候，难道还不足够？

记得清楚的还有广西特有的熏肉。到了覃的家，正是春节。族人宰了胖猪，剖成条状，以绳子串了，一溜地挂在木梁上，下面铺上杂草或干稻草，草上枕以土灰，用火引之，草们受热，欲作熊熊之势，无奈于力压的土灰，就在这半明半灭间，浓烟风起云涌，肉条受烟雾缠绕，顿时大汗淋漓，油如雨下。正所谓火上浇油，火要冲突起来，复以土灰盖之，踉踉跄跄之间，早分不清哪是烟哪是肉。肉条被烟熏火燎后，榨干了油水，易于保存，所以在广西壮族一带多有制作，并不分年节与否。熏肉可清蒸，可爆炒，可油炸，可炖汤，各有千秋，别有风味。覃的母亲还特意包裹了端午节才有的粽子，我肠胃不好，对糯米一类食物向来不甚喜好。覃极力强求，我盛情难却，一尝之下，果然出众。细致的包裹下，润润的米粒团团围拢，乍一打开，清新之气扑面而来。正待要问，过年时候，何来如此清脆粽叶？覃说，快吃，使劲咬！一口下去，是滑润的交织，黑白的映衬，酥软的照应，春秋的回响。白的米、红的枣、黑的熏肉，在绿的粽叶衬托下，熠熠生辉，光彩夺目，令人不忍再下口。

我一直在想，覃或许就如这普通的广西粽子，毫无华丽的外表，却敢于在冬与秋的气候里包裹自己最绚丽的景。

2008年6月7日于美国堪萨斯

2017年5月12日改于广州大学城

第三部分 伤已逝

傢 婆

傢婆，就是外婆。“外婆”是普通话里的称呼，我们那里的客家话叫“傢婆”。“外婆”这个称呼总让人感觉生分，而“傢婆”才有一家人的味道。

从罗地村出发，绕过自家泥瓦房的屋后。穿过村庄，村里几只不知谁家的黄狗眯缝着眼，若有若无地看，懒懒散散，金黄色的毛发素洁透亮，听得人声渐近，并不动作，只把黄里泛白的肚皮翻一翻，挺挺身子，抻直腿脚，继续安睡。冬日的阳光正好，暖洋洋地照着，明亮而不刺眼。没有风。

吆三喝五声中，村人从各自家中走出，肩挑手拿各种要到圩上售卖的物事。暖阳下的黄狗们，听得声响，看见物事挑在肩膀或拿在手中，知是要“赴圩”，早已左奔右突上蹿下跳前拱后翻，兴奋不已，要一同去。村人们一边赶开黄狗，一边与村里人拉家常，她家挑了什么，你家带了什么，卖了物事想买什么，叽叽喳喳好不热闹，村子一下子活跃起来。“走哇走哇”，于是，整个村庄似乎都被动员起来，一个浩荡的队伍随即前前后后地出发。

农村的集市离得远。那时的村里人，以时间计算空间，并不说集市离村庄有多少里，而是说从村子到集市要走几个小时。集市也不叫“集市”，而叫“圩”或“圩场”，去集市叫“赴圩”。被广泛动员起来的村人们，开始浩浩荡荡地赴圩。

曾经碧绿的田野、沉甸甸的稻穗、绿草鲜花，已然悄然隐去，大地山川一片萧肃，悠悠的青草萎缩短暂，耷拉向地，萎靡不振，像犯了错误的营养不良的小孩子，枯黄而无力。天地笼统，光秃秃的，田埂上下如梯状，时有鸟雀跳跃其间，找寻最后一粒迷途的谷穗。稻田里的泥土板结成块，像一张巨大的严肃认真的脸，脸上的麻子，是水稻收割后的禾苗根，叫禾谷头。山间基本也是黄，间或有一晕绿色。这些丝毫影响不了村人们高涨的热情和满怀的兴奋，尤其孩子们，能够被允许跟着大人们去赴圩，简直就是对一年来努力学习并取得好成绩的最高褒奖，是多少个日月修来的福分。平日里，孩子们就是往来学校的同学，有的甚至是同班同学，此情此景，更平添了几分热闹和激动。

穿过田野，越过小桥，走过长满板栗树的山塘，上到山去，再走过一个小山丘和窑洞，与去太姨娘家的方向分叉处，圆拱浓荫之下，一条小河宛然眼前，寂静无声，悠然流走。河水清澈见底，水草随波逐流，沙石历历在目，偶有鱼虾穿行其中，空依若无物。水并不深，没过小腿肚子而已，孩子们热热闹闹地奔跑在前，要下河摸鱼，三下两下扯起裤脚，咚咚咚入水，鱼虾怕人，倏忽隐身河底，了无踪影。大家意不在鱼虾，玩水而已，扯了水草，你扔我丢，顽皮起劲的，索性打起水仗，一时水花四溅，敌我不分，好不开心。随后赶到的大人们听到玩水声，大惊失色，忙喊："啊呀嘞，休命鬼！该冷还搞水，想死了吗！"骂声远远地传来，入耳入心，孩子们知道惹事，慌忙从河水中跳上岸，胡乱将腿脚塞进鞋子，一溜烟窜到更远的前方去。各家大人们的骂声仍隐隐传来，此起彼伏，交替进行，"冻死就冻死他，下次就搞不成水了"。"下次把你锁到屋夸（家里）。""该冷都唔怕死呀！搞聒搞绝。"

但河水并未就此一去不回。袅袅娜娜间，小河蜿蜒曲折，穿过树林，越过石丛，拐了几个弯，又回到孩子们面前。峭石张牙舞爪，河水突然收紧，急急从下方流过，竟有了"哗哗"水声，浪花白白，原来河水之上有了一座桥。说是桥，其实是过往人等嫌河水挡道往来跳跃不便，就在附近的山上砍了几棵柔韧的小树，削枝去叶后，用老藤捆绑一起，前搭后靠，成了一座桥。孩子们知道身后的大人们虽然赴圩的兴头很高，但大家集体自行在冬天的河水中玩水，大人们的心头应该强压着一股暂时不会熄灭的怒火，就都识趣地朝前赶路。一路奔跑嬉闹，加之冬日暖阳的烘烤，年轻又气盛，等到听闻瀑布的轰鸣声时，孩子们的身上脚下已经干得七七八八了。

这条小河不单水流清澈，而且水量巨大。宽阔处，十米有余，水深及大人的小腿肚子。蓄积起来，从群山之间倾泻而下时，竟有浩荡之势，水声震耳，却是瀑布，而且不止一叠，有三叠四叠之多，蔚为壮观，将乌黑滑溜的巨石冲击得或嶙峋而出，或世故圆滑。浪花四溅，飞入天际，犹如口若悬河的先生，上天入地侃侃而谈唾沫横飞。潭下，又有多处平坦所在，是莘莘学子春游秋游的好去处。孩子们捡了石头，循声扔去，杳杳不知其所踪。

沿着山腰，斜斜走下去，与小河再相遇一次，过了此河，就与“大路”交汇了。说是大路，不过是仅容一辆拖拉机通过的土路，稍显平整罢了。经过路旁长满樟梨树的梅子坝、周遭被稻田围拢的上坑这两个村落后，圩场就遥遥可见了。自此，从村子出发，一路走走停停打打闹闹到达圩场，一个时辰自然是要的。

圩场不大，就社迳乡的一两万人口而言，已经算很小。说是圩场，其实就是一条街，这条街平时是一条马路，供车人牛羊行走。圩日时，这条街的两边就成了圩，农民们把自家的土鸡蛋、瓜果蔬菜、香菇木耳等摆放两旁，鸡鸭鹅鱼猪肉等亦然，供“吃公家饭”的人来挑选购买。圩日逢三六九，即农历的初三、初六、初九、十三、十六、十九、二十三、二十六、二十九都是圩日，一个月九次。圩日的时日，每乡每社不一，如我所知的竹山乡、陂头镇就逢二五八，时日以此类推。“吃公家饭”的人包括在邮局、粮管所、乡卫生所（类似于医院）、乡政府、中心小学、初级中学上班的公务员、医生和教师等。那时的物价便宜，一块钱可以买十几个土鸡蛋。临到散圩，村人的物事已经基本售罄，有半卖半送的，即便没有卖完，也会直接送到住在圩上的亲戚家或亲戚的亲戚家，乐得挑着空担子打道回府。孩子们早已经在临街的几家店铺选好自己心仪已久的礼物，坐等良久，礼物多半是吃的东西如糕点糖果或冰棒。见大人们收了摊，第一时间急急拉了去，生怕大人不守信诺，这个时候的店子才热闹过圩场。

按照大人们的标准和说法，我和姐姐都“好斯文”，决不会拖拉揪扯大人，一副听之任之的老练做派，当然不是不喜欢吃零食，不想要礼物，而是家里实在太穷，完全没有折腾的必要和可能。我和姐姐跟在妈妈的身后，看着她的背影停留在猪肉铺，停留在鱼虾档，停留在被邻家小子小女们挤满的临街店铺里。等到从家里带来的献鸡的脚被绳子高高吊起、猪肉和草鱼被用红纸包裹好、糖果糕点已经大包小包时，我和姐姐知道，该沿着乡里那条真正的大路，去傢婆家了。

在圩场，妈妈肯定会碰到自己的姐妹，我们叫太姨娘和细姨娘。由于是去给傢婆拜年，大家几乎不约而同。因此，三家人就在圩场汇合，一起先开到太姨娘家。和我们从村子到圩场的路相比，去太姨娘家的路就好走多了。从圩场往回走两三里，走过桥头那棵经常挂满毛毛虫的大树，过了社迳大桥，经过枫树头，折而往右，远望像法式细长老面包的那一条，就是去太姨娘家的路了。这其实并不是一条路，而是渠道的堤坝。虽是堤坝，却宽敞明亮，大型卡车也能自如通过。渠道的左边，乖巧的黄田江水在顺服地流淌，右边是阡陌纵横的田野。路上会经过一个叫“山坳”的地方，这是一个神秘的存在，小时候的我从来没有见过这个村庄，走到半路时，堤坝的某处突然出现一座跨河而过的新木板铺就的桥，精致而小巧，远非我们赴圩的山路上那座树条捆绑而成的“桥”所能比。大人们说，“到了山坳了，快到太姨娘家消”。一路欢快中，姐姐、我、表弟、表妹等就会指着一座硕大的房子喊：“曾屋小学！曾屋小学！”目光所及之处，视野开阔起来，竟是一个坝子。右前方就是突兀在稻田之中的曾屋小学，左前方则是一望无际的更多的稻田和菜地。

折而向左，是一座桥。“老妹来了呀。”“该早呀。”“又来了太姐家做客呀。”桥下洗衣淘米的人已经和妈妈、细姨娘打着招呼，“他奶奶好勤快啊”。“他嫂子唔欠系赴圩啊。”在农村，你不只是熟悉自己的村庄、村里的人与事，也熟悉亲戚家所在的村庄及其人与事，家长里短红白喜事，无所不知，无所不晓。

太姨娘家是大家的中转站，稍事休息调整，一大家子才向傢婆家进发。

傢婆家在园丁仔，是一个三面环水的村庄，不环水的那一面背靠大山，无路可循。一般来说，有两条路可以到达傢婆家，一条是旱路，一条是水路。我们走的是旱路，也就是从太姨娘家出发，继续沿着那条渠道的堤坝，一直向西走，经过一个名叫李屋洞的村子，再沿着一条山路，就能与环绕园丁仔的那座大山相连。继而沿着大山山脚下的山路，持续往前。说是山路，其实是石头路，由人凿开山脚的石头，勉强开辟而成。山路崎岖不平，更多时候，走着走着就突然没了路，或许是因为山石难凿，开路的人已然放弃。正要绝望之际，却见几根木棍、数块石板混搭在一起，算是通道，弥补了短路的缺憾。尤令人心跳肉颤头皮发麻的是，头上泉水淙淙滴落，脚下三五厘米处就是汪洋一片的江水，回旋往复，深不见底，墨绿吓人。吓人也因为一个传说，由于这里修筑了一个拦水大坝用于发电，附近少年常来此大坝游泳玩水，每年夏天，总有孩童溺水身亡。久而久之，附近村庄就流传一个传说，说大坝里有一只无人识得的水怪，四肢修长，头圆眼亮，皮毛光滑如丝，能泳善潜，嗜血成性，尤其喜欢吸小孩子的血。这也就是为什么溺水后的孩童被打捞上来，全身苍白无血，正是水怪把人拖到水底，已经把他的血喝光。每每念及此处，脚底都不由得哆嗦，恨不能立即生出翅膀飞了过去。

还有一条是水路，与走旱路相比，水路有水路的优势，走水路需要经过一个叫双巴围的村庄。双巴围再往前一两里靠右，就是著名的青龙山，双巴围与傢婆家所在的园丁仔隔江相望。但是，黄田江在双巴围拐了一个弯，形成了一个港湾一般的荷塘，因此，要去傢婆家，首先就得经过这满池荷花的荷塘，再过一座桥，就到了。盛夏时节，满池荷花盛开，莲蓬高昂着头，饱满的莲子累累，桥下采莲人总会给我们扔上来几个大莲蓬，清香清甜清脆的滋味即刻溢满唇齿、溢满心头。姐姐、我、表弟、表妹等一众小家伙却不愿意走水路，由太姨娘家集合到双巴围的话，势必在李屋洞的分路口，下到那个大水坝。水坝常年蓄水发电，单单那个拦水成渠的入水口的震天轰鸣声就已经把我们吓得手脚瘫软，由入水口下到大坝的那座荡秋千般的悬空木桥更会把我们吓得魂飞魄散。拦水大坝滚圆粗壮，像一具俯卧的巨兽，巨兽的脊背上水流不止，汹涌倾泻，坝里壮阔黝黑深厚的江水好像巨兽深不见底的血盆大口，似乎随时要将我们吞噬，况且还得时刻提防那只吃人的水怪。

好在路途不算长远，在欣喜与惊恐交织中，家婆家也近在眼前了。

这是一年中最幸福快乐的时光。不论旱路，还是水路，经过由家及圩场、由圩场到太姨娘家、由太姨娘家到家婆家，2次接驳，3个家庭，4个多小时的徒步行走，欢笑和喜悦还在继续，惊恐已经抛在脑后。

这应该也是家婆一年中最幸福快乐的时光。无论远近，不管大小，自己的三个女儿，带着她们的丈夫儿女，3个地方，4个家庭，近20口人，终于又聚在一起。

“家婆！”“家婆！”“家婆！”屋外，外孙外孙女们叫着，接二连三，此起彼伏。家婆“诶诶诶——”地应着，笑盈盈地从厨房迎出来，手在围裙上搓着，合不拢嘴，“红仔、萍仔、程得、冬平古、秀萍仔，乖仔们都来了，好啊好啊好”。大家一一问好，此时，女儿女婿已经替换了家婆忙活，家婆难得闲下来，逐一端详外孙外孙女们，摸摸这个的头，拉拉那个的手。小子们早已抓了零食小吃，楼上地下闹翻了天。

外表瘦弱永远笑意盈盈的家婆，曾经过着异常辛苦的日子。听妈妈说，那时候，家婆第一次结婚，生下三个女儿，最小的女儿还在襁褓中，丈夫去世。女人所有工作的核心是生儿育女、相夫教子。没有儿子，在当时的社会环境中，是无法想象的，“不孝有三无后为大”，况且还“克夫”。为了免得李家绝后，傢婆过继到同村人的一个儿子，这就是那个和我们很亲的、后来在全南县城酒厂工作的堂舅。后来，傢婆再嫁，生下舅舅，才算顺利完成人生的第一大事。但第二个丈夫得了痨病，不久也去世了。一个女人，孤儿寡母，在农村，没有工作，拖着三个女儿一个儿子，该是怎样的一种境况！妈妈曾说，傢婆刚生下太姨娘不久，还在月子里，就到园丁仔的山上去砍柴。后来读小学初中的我曾经不止一次爬过那座山，成年男子要上得山去，也颇要出一身汗。山路陡峭，与地面几成直角，山脊怪石突兀，绝少草木，并无可攀附之物。月子中的傢婆，上得山去，砍了一捆柴火，压在肩头。正要下山，却一个骨碌，从山顶摔了下来，直接摔到山底。几十米高的一座石山，相当于十几层楼高，其势力可想而知。长长的柴火被摔成零星的木棍，傢婆昏迷整整一个星期，不省人事，不言不语，不米不水。没有奶水和母亲的照料，嗷嗷待哺的大女儿自然更加嗷嗷叫。“你看你太姨娘那么矮，就是因为那个时候”。“那个时候”的苦日子远远不止这一点。更苦的时候，一家人一个月只能喝稀得可以当镜子照的稀饭，只有几粒白米游荡其中，沉沉浮浮，等同于喝水。实在饿极了，就挖芭蕉的根茎吃。当然还有更凄惨的家庭，直接吃观音土，后果可想而知。从妈妈的碎片化回忆中，我好像能够理解一点点，为什么妈妈那么节俭，以至于到了对自己苛刻的地步。在妈妈的描述里，我好像能够理解一点点，为什么太姨娘去世时，妈妈说“太姨娘就好像半个娘一样”。在妈妈的讲述中，我好像能够理解一点点，为什么傢婆去世时，妈妈哭得那么肝肠寸断，痛不欲生！

傢婆有很强的男尊女卑的思想。记忆中的傢婆，我们孙辈看见她的地方，要么在厨房，要么是外面的田地，好像她老人家总在忙碌，矮小的稍显佝偻的身影忙进忙出，从不闲着。我们从来没有问过她，但看得出来，她一定是抱有“女人的任务就是生儿育女、相夫教子”的传统想法的，这当然怪不得她，那个时候的人们，谁又不是如此呢？记得是我读大学期间，现在回想起来，应该是傢婆去世前的某一年，在傢婆的某次生日聚会上，太姨娘、细姨娘、舅舅和我们一家，四家人都在场，园丁仔也来了不少同宗人，满满一桌子香喷喷的饭菜。大家自然请老寿星坐上席的首座，傢婆不同意，坚决要求不坐在圆桌旁，坚决要求坐在门口的小板凳上。最后，拗不过已经长大了的孙辈们和群众的意见，傢婆“被绑架”着坐了上去，但看得出来，傢婆的脸上依然一百个不情愿，只斜斜地坐了椅子的一角，身体呈“悬挂”的态势，随时要掉落下去，极不自然，握碗筷的手也无处安放。那一顿大家特意为傢婆准备的饭菜，她老人家扭捏不安，坐立不稳，匆匆几口就结束了战斗，滑座而下，离席而去，继续回归她的厨房。

傢婆是在我读研究生的时候去世的，那时，家里人并没有告诉我，或许是因为我远在云南昆明，怕我路途奔波。或许因为我是外孙，不宜在傢婆坟前落泪。如今，傢婆去世已经20年，您的大女儿女婿已经随您而去，可您的二女儿、小女儿、儿子还是好想您，您的孙辈都好想您。我也好想您啊。

2019年10月21日于广州大学城

太姨娘

2019年6月1日是儿童节。但5月31日，舅舅打电话告诉妈妈，下午4点左右，太姨娘（妈妈的姐姐）在去医院的路上摔到头部，情况危急，生命垂危。

妈妈已经在广州大学城的家里哭得昏天黑地，整个人瘫坐在椅子上，言语虚弱，目光散漫，了无生趣，5月31日整个晚上没睡。6月1日上午，细姨娘（妈妈的妹妹）急匆匆于10点多先于我们赶到县城，据她猜想，应该是感觉到自己的妹妹到了，11点钟，太姨娘的嘴巴动了动，然后就走了。

我们早上8点从广州出发，到达医院的时间是11:30。30分钟，竟阴阳两隔天人永别！

傢婆（外婆）育有三女一子，依次为太姨娘、我的母亲李运娇、细姨娘李月英、舅舅李志明。

小时候，最快乐的事情，莫过于从家里出发，途经太姨娘家，到达傢婆家。

那时候，我的家在全南县社迳乡炉迳村罗地村小组。村子的四周青山环抱，山脉高大雄伟，尤以背靠的牛牯岭为最。儿时的记忆中，牛牯岭绝对称得上是生命中最崇高最远大的山岭。听祖辈父辈口耳相传，罗地村原来坐落在牛牯岭上，即使现如今上得岭去，也依稀可见祖先生活过的痕迹，比如几堵砖墙、三五石墩。牛牯岭上的村落中，有一处巨大的掌印，五个手指深入岩石，指印历历在目，被称为“仙人手指”，“仙人手指”被祖辈父辈视为神迹，始终护佑着刘氏家族。那时的我还是小孩子，当然没有资格上牛牯岭，也不会被父母祖父母或者家族允许上岭。村前，安静流淌的是一条无名小河，这河由牛牯岭方向蜿蜒而来，长途跋涉，从山坳之间欢快流淌而下。快到村子时，也正是我家一块菜地的附近，竟有一个高约2米的小断崖，溪水倾泻而下，形成了一个小小的瀑布。年深日久，在瀑布的冲击洗刷下，一汪碧潭成于下方，几块如斧砍刀削的巨石环绕碧潭，乃是村人尤其女人们洗衣聚会的场所。

村子仅十余户人家，百十来人，皆以刘为姓。那时的刘姓罗地村，静谧安详，如果没有门前那条玉带般的迷你小路曲折向前，罗地基本算得上是一个与世隔绝的世外桃源。

由此向村后出发，穿过整个罗地村，豁然开朗，目之所及的，是长而有限的稻田。在此处，有我们家的两块稻田，一块在上垄，一块在下垄，在母亲和姐姐的细心照料下，这两垄稻田格外郁郁葱葱，醒目惹眼，田坎上的黄豆苗也绿油油青翠翠。踏在若有若无的青石板路，蛇行向前，势必经过一口山塘，那是别人家的山塘，山塘在左。在右的是几棵板栗树，那是别人家的板栗树。树下，如若正好时节，总是有远望毛茸茸、近视小刺猬般的板栗躺在暖洋洋的太阳下，树影斑驳，间或有熟透了的，干脆地咧了嘴笑，挤挤一团，灰黑可爱的板栗们探出脑袋，惹人怜爱。翻过第一座山，就需要从半山腰行走。说是半山腰，实际如同在山脊上跛行，土质黄泥，坡陡路滑，基本只能袋鼠一样跳跃着下行，左冲右突，滑稽可笑。下至山脚转弯处，是一湾溪水，早有先知先觉者挖了一捧圆形，水就势储蓄于此，供往来人自由饮用。我们一家人到了此地时，方从村子走出不过20分钟，自然是不需要驻足歇息的。即使姐姐和我偶尔想撒娇偷懒，也会被母亲急急地催促，“快滴子走哇，路还有好远啊”。于是，我们两个小家伙只好收拾玩性，重又愉愉快快走起来。

继续往前，实际上已经穿越在另外一座大山之中。仍从半山腰迂回过去，但此山稍通人情，并不陡峭，袅袅娜娜中，路途平坦起来，不知不觉增加了脚程。路虽如此，不需要父母催促，我们会不自觉地加快脚步，像要甩掉什么无形的包袱或巨大的压力，自是因为眼下另一口山塘。听父母长辈说，就是这口山塘，曾淹死过一个与我们年龄相仿的同村男孩，男孩死时不到10岁。更为阴森的是，据说这是一起谋杀，有重大嫌疑的两名男子竟也是本村人。思想间，我们已经急急地走完了这第二座山。顺着一个坡势稍陡的俯冲，一片百亩左右的稻田铺陈开来，一直绵延至附近的山脚。如若是秋季，这里定是金灿灿黄闪闪的了。这就是增塘山。这里的稻田是村人共有的，依据人口数量，每家每户有3—5亩不等。同样，我们家的仍旧在最近的脚下，如果是旱季，母亲必定会在此停留片刻，检查一下田里的水是否充足。如果是雨季，母亲也必定会在此停留片刻，检查一下田里的水是否过于饱和。趁此机会，我们姐弟俩就会在这里的小小草地广场玩耍，你追我赶，东张西望，或者学大人的样儿，到左前方20米开外的自家花生地里，有模有样地“巡视”一番，拔些生花生，剥壳就吃。

继续前行，是一座几乎平起平坐的小山，或许并不能称为山，是丘。树木茂密，树荫浓郁，人行其中，多数地方只能弯腰低头。现在是初冬，倒也抵挡了一些寒冷和北风。山丘的右前方，有几处神迹，据说是神仙曾经居住的地方。印象更深的是稍前的左侧路边，几座窑洞赫然耸立，窑口依稀散落些许木炭和柴火，烧窑人早已不知所踪。正要往窑洞里钻爬，脖子处突然一紧，身子已然被母亲或父亲提起，就势往外被拉扯着，脚步恍惚已经离地而起，“烧窑的，该些木炭你冇看到也？冇什么看”。悻悻之中，却无暇发作：“你们听，前面有竹鸡子叫！”孩童天真的我们，早已被吸引，循声而去，快步向前，不得探视窑洞的不快和父母的呵斥瞬时被忘到九霄云外。“才奈才奈？”我们急切地低低地问，心知肚明不要吵走竹鸡子。顺着手势，竹鸡子清脆圆润的叫声此起彼伏，响彻山谷，激起层层回响，久久不绝，有如绕梁。偶有被惊起的，鲜美的羽毛、半长的翎毛、小巧的身躯、滴溜溜活泛的眼睛，简直山中精灵！即使不得见，也可以想见它们悠闲而优雅在竹林下漫步的浪漫画面。

可望而不可即的竹鸡子高飞而去，近在咫尺的是触手可及的香菇木耳。江西山多，而村子四周更是群山环抱。穿山而过的我们，正在穿过的是第四座山。这座山毕竟陡峭，前人就在山脚开路，踩着腐草朽木，悠悠地延展前去。冬季微雨，气候温润，稍有暖风，一有空间，香菇木耳就像小朋友听闻大人赴圩回家一样，圆圆地伸出脑袋，满是惊喜和期待。当然并不是所有树木都能结有香菇木耳，只有特定的某些“软性”树才有可能，而且必须是死树，下有足够的水分，上有饱满的空间，加之暖风吹拂和好运气，香菇木耳就唾手可得了。“稍微摘一些子到太姨娘家和傢婆家吧”，说话间，母亲的掌心已经可爱地躺着几棵鲜嫩的大蘑菇了，农村孩子动手能力不在话下，不一会，大人小孩齐上阵，地上满满当当挤了一大团，黑中透着白，白里透着黑，圆鼓鼓，滑溜溜，煞是喜人。由于是走亲戚，大家的身上都已经大包小包，香菇木耳无处藏身，大人脱下外套包裹起来，大家又高高兴兴上路。

第五座山与第四座山之间的连接处是一个高高的坳口，风大也敞亮。自此至终，道路宽广整齐，乃板车路也，足可供三人并肩同行。而我却不喜欢这里。据大人们讲，由坳口往下方观望还是茂密的森林，森林的边缘处有一株巨大的树，阴雨连绵的梅雨季节的傍晚或深夜，路过此处的人总能看见这株巨大的树下有一个披着蓑衣戴着斗篷衣衫褴褛的老者蜷曲其下，或者默不作声，或者喃喃低语不知所云，眼前的一堆篝火在风雨中忽明忽暗摇曳不定行将就灭，火光跳跃中，老者的黑影投射到身后巨大的森林和无边的黑暗里，彼此咬噬，融为一体，甚是骇人。前不着村后不着店，时日又晚，风雨飘摇，好心的过路人觉得老者可怜，意欲走近前去安慰或给予帮助带回村里，及至暗无天日的树下，老者倏忽不见，鬼魅一般。往返多次，众人所见，口口相传，这个坳口，就成了闻之毛骨悚然唯恐避之不及的所在。我不喜欢这里，唯有紧紧拉着母亲的衣襟，几乎要把母亲拉翻在地，挨贴了路的内侧，摩挲着路基上方张牙舞爪的杂草乱花，“妈妈快走快走快走”地嚷叫。

这第五座山的路实则短暂，但于我而言，比任何一段路途都长久难熬。惊恐之中，第六座山飘然而过。山与山之间又是一片狭长的梯田。穿过梯田，走向第七座山，再往前往上行走，就是第八座山了。

这是到太姨娘家的路上的最后一座山。在山顶上行走，触目所见是无穷无尽的红红的土，像极了过年的喜庆，又或者，像极了谁的血，浸洒满满一地。山上的木子树（茶油树）漫山遍野，高低错落。如果是夏季，木子树上少不了我们喜欢摘来吃的木子树花，木子树花的花苞饱满干脆，蜜蜂在花丛中飞去飞来。木子树花香甜甜蜜，吃在嘴里，香浓似海，甜蜜如爱。吃完，意犹未尽，唇齿留香，真真令人念念不忘。在不影响木子树挂果的前提下，母亲是乐意让我们尽情采摘木子树花的。到如今，这些记忆中的木子树花，和太姨娘一样，却终究成为我们永久的梦中的怀念。

池塘、池塘埂上的茅草小房、稻田、青菜地、黄瓜苗、风车、鸡飞鸭跳、犬吠牛哞，飘飘欲仙的炊烟，还有偶尔遇到的老者，“老妹，这么早就来了你大姐家呀”，问候着母亲的是太姨娘所在的曾屋村的一位女性长者。“是呀傢傢（奶奶），这么早您就忙活着呢”，母亲一边应着，一边让我们两个小家伙叫长者“奶奶”。这一切都昭示着，太姨娘的家就在不远处了。在农村，走亲戚时，遇到亲戚村子里的人时，父母都会用小辈（子辈或孙辈）的称呼来称呼对方，而对方往往使用我们亲戚的辈分（或亲戚的子辈、孙辈）的称呼来称呼父母一辈，彼此降低一个乃至两个辈分，以示尊重，也能帮助亲戚在这个村子里营造一个好的舆论环境，“看看谁谁谁家的亲戚都这么有礼节、懂事”。

走过曾屋村那棵十人合抱遮天蔽日的老樟树，走过曾屋村的前檐后屋，走过曾屋村的左邻右舍，四个多小时的漫长跋涉，我们一家人，终于到了太姨娘的家！

满满一桌子好吃的已经热气腾腾地等待着我们，时间和火候总会刚刚好，荤素搭配和做法总会刚刚好。多少天前，母亲肯定已经让人捎了口信给太姨娘和太姨父。

我们的目的地是傢婆家。稍事休息，太姨娘一家加入我们，一支浩大壮观的队伍即将继续进发。而在傢婆家，细姨娘一家肯定已经提前到达，傢婆也已然把一切准备就绪，静候我们的到来。一个大家庭的团聚即将拉开帷幕。

再后来，我姐成家立业。而我，则从高中毕业，读到大学、硕士、博士，工作后又到美国、英国，就读或工作的城市有长春、昆明、南京、武汉、广州、美国堪萨斯、英国兰卡斯特等等。无论何时，无论何地，无论遇到什么人，无论何种境遇，始终魂牵梦绕无法忘怀的，是跟随母亲、和姐姐一路打闹、中转太姨娘家、最后抵达傢婆家的长途跋涉的场景和温暖有爱的场面。

长大后，听母亲说起，太姨娘却算是困苦。出生时，抗日战争日本兵败，傢婆刚产下太姨娘不久，正值月子，园丁仔村全村人都躲进了深山，傢婆无法跟从，族人只好将房门反锁，将傢婆和太姨娘留在村里。日军部队经过村子，傢婆听着密密麻麻震耳欲聋绵绵不绝的脚步声，大气不敢出，襁褓里的太姨娘似乎异常明了眼前的危险，竟毫不啼哭，安静得像不存在一样。直至日军远远离去，傢婆一颗悬着的心终于放下，太姨娘和傢婆就此才各捡了一条命。后来，太姨娘嫁给同一个乡的曾屋村当泥瓦匠的一个男子，此人即太姨父。此次轮到太姨娘自己产子，个子只有不到一米五的太姨娘，其生产的难度可想而知。在接生婆的催产、家人的催促之下，依旧无果而终，产妇早已经痛得哇哇乱叫哭天抢地。当时是1968年，医疗条件非常有限，只能在家待产。无奈之下，产妇太姨娘被拖到挨着村子的一个镇子——八一场林场。时值“文化大革命”和知识青年上山下乡，如此偏远荒芜的地方竟然出现能做剖腹产手术的医术精湛的医生。太姨娘唯一的儿子（我表哥）成功降临，太姨娘和表哥就此各捡了一条命。后来，或许是1990年，或许是1991年，也就是表哥大学毕业之际，罹患肝硬化肝腹水的太姨父接受过西药、中药、草药、迷信、巫术等各种治疗后，还是与世长辞，撇下太姨娘和表哥孤儿寡母，家中顿失唯一的经济来源。再后来，表哥参加工作，家中境况缓慢好转。表哥一直不懈努力，工作愈加繁忙，太姨娘对表哥的几次婚姻均不太满意，家庭矛盾日积月累。去世前的三年多，太姨娘被检查出患有直肠癌，虽然做了切除手术，但效果不甚理想，常常往返于医院和家中，三天两头需住院治疗。这次致命的摔倒，就是在去往医院的途中。

但是，太姨娘从来都是坚强的人，偶有抱怨，却一如既往地坚定坚强，为了唯一的孩子，为了家庭，为了家族，任劳任怨不求回报鞠躬尽瘁，一个典型的传统农村妇女形象。

太姨娘很坚强，从2019年5月31日下午4时左右摔倒，到6月1日上午11点过世，坚持了近20个小时。冥冥之中，她应该是在等她的妹妹们吧，她等到了她的小妹，她的大妹妹却错过了最后一次姐妹之间的耳语。

我的太姨娘李贱妹，生于1946年5月1日，殒于2019年6月1日。

太姨娘一生困苦，一生努力，一生坚强，至死不渝。

太姨娘，我们好想你啊！

2019年6月6日于广州大学城

爷 爷

2019年的10月，花城广州依然鲜花满城，绿草满眼，虽是晚秋，气温仍高居30多摄氏度不下。女儿小钉子在眼前活蹦乱跳，日子日复一日，平静如水。

突然有一天，她认真地对我们说："爸爸妈妈，我不想你们老不想你们死。""为什么呢？""我要永远当你们的小孩。"女儿的这句话突然催人泪下。

我想，人活着是为了什么？或许是情感，或许是记忆。可情感和记忆都跨不过上下三代，上至父母、父母的父母，下至孩子、孩子的孩子。爱人张医生说："刘老师，你算是说对了，我完全同意'刘哲学家'的看法。""比如我们，小钉子的孩子可能对我们还有点印象，但她孙子的孩子肯定完全不知道我们是谁、长什么样。好比我爷爷，我还知道他，但小钉子呢？”爱人轻轻拍了拍我的肩膀说：“刘老师，你又感伤了。”

感伤的时光回到2017年的清明节。扫墓。

我可以说是“少小离家”，从小学五年级就开始住校，住在离家约两个小时远的、乡里的中心小学，一周回家一次，周五下午回去，周日下午返校。初中时也住校，住在乡里的初级中学，一周回家一次，周五下午回去，周日下午返校。高中的时候，只能到县城，情况往往如此，天不亮，就在家里迷蒙地吃了早饭，走一个多小时的山路，矗立在乡里社迳大桥的桥头，以赶上去往县城的班车，班车每天一班，过时不候，前往县城的山路崎岖险峻，路上需要花3个多小时。因此，高中的我一个学期回家一次，期末回家，快开学时返校。到了大学，我远赴长春就读，回家的次数更加屈指可数，能保证一年回家一次已属不易。记忆中的故乡，越来越模糊，徒剩零星的碎片，诸如缠绕山间的羊肠小路、奔腾不息的瀑布、路上森严肃穆的树林和路途中传说得活灵活现的鬼故事。

2017年的清明节，离家近20年的我决定回去扫墓。开着车，路途顺畅许多。到了村子，村子已经破败不堪，除了三两户外，其余人家都已经搬离，住在或近或远的镇里或县城。听闻人声，老邻居摸索着前来打招呼，却已然一副摇摇欲坠、风烛残年、弱不禁风的模样。寒暄过后，扛了锄头砍刀，一家人径直向爷爷的墓地走。墓地并不远，实际就在对面的那座山，走过那条石板小径，小径上下是我们家的稻田，再往北走，过一座不足5米长的小桥，稍而折左就是那片板栗树林，再往前走就是那口我常常提及的山塘。却不需要越过山塘，在板栗树林的附近，抄一条绵延上山的小道，五六分钟，就到了爷爷的墓地。说是墓地，其实只是一个土坑，记得爷爷下葬时，村人帮忙从半山腰直直地挖进去，一个巷道就此形成，掘出来的黄土就势铺垫在前方。墓地周遭杂草蕨类遍布，高的树木虽然瘦小，却有丈余。没有墓碑，更不见名与姓或“孝子慈孙”，几块布满青苔的砖头左歪右斜在墓门，可以想见当时的窘况。爷爷离世前精挑细选、可以坐望家人与老宅的这块风水宝地，在30年后的今天已然湮没在时间与青山绿水间。

感伤的时光回到1987年。我读五年级的某个下午，在社迳乡中心小学的枫树头。

和往常一样，放学后、晚饭前的时间总是自由自在。我和同学们正在操场的青青草地上玩耍，夕阳西斜，目前的小山柔和温暖，渠道远处蜿蜒的江水叮咚而来，流过小桥，流经学校，流向不知名的远方。“程古”，一个陌生而熟悉的声音叫住我，“走，跟我回家，赶快！”是小叔叔。听大人们说，小叔叔很小的时候就“嫁”到远方，是陂头镇的一个村子，当了上门女婿。我们是极少见到他的，乍一见，而且在学校见到，着实吓我一跳。“叔叔，我还要上课。”我本能地拒绝。不等我拒绝，我被放在自行车后座，耳旁已经是呼呼作响的晚风。还没到家，远在村口的我们，就已经听见家里的哀号喊叫哭天抢地地传来，“出事了”，而且出大事了，只有11岁的我也不禁担忧。“你爷爷走了”，被告知这一句话之后，大人们又忙碌开去，一直到深夜的深夜。那时的我，完全不理解“爷爷走了”这几个字的含义。直到第二天，我们这些小小孩童和大人们的头上箍满白色的齐腰长的布带，身上披麻戴孝，被领进刘氏宗祠，这几个字的含义才愈发显现。大人们尤其家里的女人们早已撕心裂肺地哭，一大家子男女老幼，按照辈分和次序，在长子的带领下，绕着棺木给爷爷“送别”。我看见爷爷躺在那具平常存放在他屋子二楼、预备多年的黑漆棺木中，身上盖着白布，闭着眼，张开嘴，好像要说些什么，又听不见说什么。“爷爷走了”这几个字突然像宣纸上的浓墨一样，慢慢晕开、晕开，变成“以后再也见不到爷爷了”“爷爷再也不能买冰棒给我们吃了”“再也不能和爷爷说话了”的意思。祠堂突然阴沉暗黑下来，空气凝结，空间骤然压迫缩小。祠堂里，棺木头上的香炉中，火烛摇曳，白色的泪流淌不止。

感伤的时光回到儿时。罗地村。

那是一个几乎与世隔绝的村子。村子四面环山，名副其实，称为“罗地”。只有村人知道，总有七八上十条丝带一样、宽不足半尺的山路，从村子的不同方向，迂回盘旋袅娜延伸出去，通往不同的所在。村口门前的那条所谓的“主干道”，宽也不过三尺，路旁杂草丛生、藤蔓倒挂，曲里拐弯，几乎算不得路。村人绝不远行，不闻世事，无论时间，村子宛若世外桃源，桃红柳绿，春种夏芒，秋收冬藏。爷爷曾经被“抓壮丁”，当了兵，算是走南闯北出过远门。形容一个人走得远了，村人说“过了广（广东）”。爷爷不时口吐真言，比如他会说，海那个大呀，船行海中，被大鱼的尾巴一拼（甩），船都要翻转来，你话海咯大?! 按他儿媳我妈妈的理解，爷爷这是以鱼的大来彰显海的大。

爷爷的优势并不在讲故事讲传说，而在于编竹篾。诗人对竹子的想象是“高节（高洁）”“不曲（不屈）”“中空（虚心）”，墨客对竹子的赞誉是四君子之一，建筑家看到坚硬与柔韧，普通如你我能想到的是筷子、牙签或竹笋，小朋友可能联想到熊猫吃的竹叶。我想，在爷爷的世界里，竹子应该是一块块有待雕琢的璞玉，是即将成器的佳木吧。作为一个男子，爷爷编竹篾的心灵手巧远远超越村里乃至乡里任何心思缜密心细如发的女人，达到炉火纯青登峰造极的境地，竹筷、竹扁担、竹扫帚、竹篮、竹凳、竹椅等不在话下，复杂的如竹笊篱、竹筲箕、竹簸箕、竹粪箕、竹斗笠、竹火桶、竹蒸笼、竹箩筐、竹背篓、竹磨篮等美轮美奂。农村常用的各种器具或农具的使用，爷爷可谓无所不晓无所不能。每每放学后，或者母亲外出劳作无暇顾及，姐姐和我总会蹲在爷爷的旁边，或者围拢在其左右，目不转睛地注视着爷爷那双神奇的手，看他如何变出一个个美丽的竹玩意儿。青竹们直挺挺地躺在原地，垒在一起，甚是齐整。爷爷一手撑着膝盖，另一手拿了篾刀支着地面，挣扎着从竹矮凳上站起，那条瘸腿几乎用不上气力，但这样的起立姿势爷爷已经烂熟于心，他并不费力，一根长近20米的青竹头已经了然在握。手起刀落，只听得“咔”的一声，篾刀生生吃进竹子，篾刀稍稍往竹心推进，“吧啦啦啦”清脆爆响，青竹瞬时从中剖开，由头至尾，一分为二，不多不少，不偏不倚。几刀下去，半边的青竹随即裂变成一片片两指宽的竹片，竹片的内里带节，爷爷手腕翻转，竹片龙飞凤舞，从头到尾一路翻飞过去，即刻竹节朝上，龇牙咧嘴。“嚓嚓嚓嚓嚓嚓”，爷爷右手捉住篾刀，白里透亮的刀刃向前，左手顺势抽拢竹片，竹节蝴蝶般纷纷坠落脚前。去除竹节之后，爷爷还要把竹子里那层硬硬的角质连同青皮一同削去，如此处理的竹篾片柔韧易弯且富有弹性，做出来的竹制品则经久耐用且不易霉变腐烂。柔韧易弯且富有弹性的竹篾片还需要切分成篾条，此时，爷爷的篾刀的重要性就更加凸显了。和砍柴用的柴刀不同，由于要使用蛮力砍柴，柴刀基本属于笨头笨脑，这样分量方够，力量才足。为便于把握，柴刀有一个较长的把柄。柴刀头竟然有一个鹰嘴一样的弯钩，许是方便勾连拉拢。篾刀的形制与柴刀迥异，把柄够握辄止，刀头处没有弯钩，便于直入竹子或竹片内部，免除拉扯纠结，刀身也不像柴刀那样刃薄背厚，而是几成圆筒状，却丝毫不影响利刃的尖锐，远远看去，篾刀活像一具掐头去尾的海豚的身子，洁白透亮，力从中出。爷爷以脚勾过木马，一手撑着膝盖，另一手拿了篾刀支着地面，轰然坐下。一根硕大挺直的竹子提前捅去了竹心竹节，准备就绪的竹篾片们依次穿肠而过，探头于木马之上、凹弯之间。爷爷右手握了篾刀，左手捏住竹篾片往篾刀口送，“吆吆吆，吆吆吆”，圆润光洁的篾条就春蚕吐丝一样源源流出，倾泻满地，水银一般，可爱极了。这些篾条才是编织竹制品的原材料，是爷爷的心爱之物，断不容姐姐和我抽离拗折玩耍。

每逢圩日，爷爷把编织好的竹筲箕、竹簸箕、竹粪箕等捆绑结实，交由他人，或者亲自挑去圩场变卖，换回来美味的下饭菜海咸鱼或红烧肉。小时候最喜爱的事，莫过于乖乖地蹲在爷爷的身边，眼睛不眨地看着一根根青竹剖析成篾片，看着一片片篾片变身篾丝，看着一条条篾丝幻化成竹篮或竹簸箕，然后翻爬过刘氏宗祠那块巨大的门槛石，快步走过空旷骇人的祠堂，跟着爷爷进到他自己一个人的屋子。爷爷的屋子紧挨祠堂，与祠堂共用一堵砖墙，作为古老建筑，屋子由火砖砌成，高大伟岸，黝黑难辨。一间长条形的屋子，算是客厅，摆放着一个桌子和三四张条凳，屋子的尽头是灶头，香喷喷的海咸鱼或红烧肉的香味往往由此而出，飘散开来，悠悠扬扬，弥漫整个房间，渗入姐姐和我的全部身心，爷爷总说，“来来，萍仔、程仔，多食滴子多食滴子，多食滴子”。逼仄的里屋是爷爷的卧室，卧室之上的二楼，存放着那具预备多年的黑漆棺木。

那时的农村，物资奇缺，物流不便，商铺甚少，村人想要什么稀罕物事，得等到“走江湖”的人担货进村。常见的有修补锅碗瓢盆的，有卖麦芽糖的，有扛着机器来炸爆米花的，有弹棉花做棉被的，有卖包子馒头的，有卖各种小玩意包括女人用的镜子、梳子、发夹等的，还有收废铜烂铁的。炎炎夏日，我们小孩子最喜欢的自然是冰棒。为了解决村人缺钱或无现金的问题，“走江湖”的人灵活变通，继承老祖宗的做法，以物易物，大米、黄豆乃至黄瓜、茄子、豆角等皆可抵用，想来“走江湖”人的营生亦是为了生活不假。听得屋外的叫卖声，爷爷拿出崭新的一毛钱给我们，“你们系买两股冰棒食”。冰棒五分钱一股，一毛钱正好够姐姐和我一个人一股。那时的冰棒比不了现在琳琅满目色彩纷呈的冰激凌，只把几勺白糖搅在水里，白糖化了，水冻成冰，即是冰棒。但是，就是那样的夏天，是我和姐姐童年最美好的季节。

一天又一天，一年又一年，爷爷直着一条瘸腿，爬上周边的山岭，伐了青竹，转弯抹角曲曲折折地背回来，剖竹成丝，换回灶头上油汪汪的让我们大饱口福的海咸鱼与红烧肉，还有记忆中最甜蜜最美好的老冰棒。

如今，我坐在鲜花满城、绿草满眼的花城广州，晚秋的气温仍居高不下。女儿小钉子在眼前活蹦乱跳，日子日复一日，平静如水。

突然，我想对您说："爷爷，我不想您老不想您死。我要永远当您的细伢仔，当您的孙儿。"

2019年10月23日于广州大学城

念刘总

有些事情，唯有等待，才更值得。但，有些事情，不能等待。比如去看刘总。

站在青翠欲滴繁花盛开的华中师范大学校园里的街道边，像过去的9年一样，我举目四处张望，刘总总是一如既往地从车窗里探出："帅哥，克哪里噻，要不要带你一脚？"侧仰着圆溜的留着板寸的脑袋，突然幽幽地问。但2017年9月17日的这一天，茫然四顾，只有我自己和默然不语发白的天空。

8月13日，刘总离世。

16日，遗体告别仪式。

17日，返回武汉。

19日，追思会。

这一组冰冷无情的日期和事件，挫败了一切，挫败了依然青翠欲滴繁花盛开的9月，挫败了我自己。

9月17日，奔赴武汉之前，我其实早已听闻刘总离开的消息，在13—14日，但消息并不确实。“怎么可能？”这是我的第一个反应，也是诸多师友的反应。“这种玩笑不能乱开的！”但是，一条条信息、一张张图片、一个个晦暗生涩的病名，不断奔袭着、拼凑着、印证着。刘总和家人假期在青海湖旅行，突发高原肺水肿、急性心力衰竭。

应该径直飞去敦煌，参加遗体告别仪式，见最后一面。应该去武汉机场，迎接刘总的骨灰回家。应该参加追思会，和亲友们一道，一诉衷肠。种种原因，这些“应该”都没有发生。

但，有些事情，不能等待。

站在9月的武汉，像过去的9年一样，华中师范大学校园里的街道边，依然青翠欲滴，繁花盛开，天空发白默然不语。

刘总并不是“刘总”，不是什么总裁总监总经理，他是和我同一个博士生导师邱紫华老师，长我5岁的师兄。对于我们这些外来人口而言，作为地道武汉人、家住学校内的刘渊，自然而然成为大家的兄长，学习的、研究的、工作的、生活的乃至恋爱的、意外的，大包大揽，安排得井井有条，被大家戏称为“刘总”，“大总管”之意也。同事晕倒了，他第一时间出现；老师需要帮忙了，他第一个出面；学生有困难了，他第一个出来；我缺钱了，他二话不说直接把钱塞过来。

就学习而言，攻读博士学位可能是人生中最为苦痛难过的阶段。小学初中，小小聪明足以应付。高中，稍加努力成果立现。大学和研究生，仍然可以轻松自在。博士阶段则丝毫马虎作假不得，拼的是冷板凳、真本事、硬功夫。我攻读博士学位虽有纠结，却不至于苦痛难过，竟有欣喜与满足之感，概缘于有好的导师师母、好的师兄弟姐妹，缘于刘总。导师邱老师是雅兴之人，除了正常的教学活动之外，总会召集我们这些同门师兄弟姐妹们，或于家中，或于陋室，无论春夏，不管寒暑，备了清茶和咖啡，师生对坐，忘却时间，不记空间，畅聊学术，指点江山，分析人生。每当此时，刘总总是提前打扫了用于沙龙聚会的办公室，开窗通气，摆弄桌椅，非得窗明几净一尘无染，方煮了热水，泡得清茶一盏、咖啡几壶，按着各人口味喜好，一一斟满摆好，浓淡相宜，冷暖正好，静候它的主人。这边，导师神采飞扬意气风发侃侃而谈字字珠玑，师兄弟姐妹们如沐春风谈笑风生新见迭出受益匪浅，“刘总轮到你发言了”，那边的刘总却谦逊笑笑，“我做好后勤保障工作就可以了”，只顾忙进忙出端茶倒水笑意嫣然。刘总当然不是不学无术之徒无所事事之人，当时，他任《外国文学研究》编辑部主任良久，获得全校教学竞赛一等奖，稍后晋升副教授，更是研究德国浪漫派文学的一把好手。我博士顺利毕业，里面必定有刘总默默不语的功劳。多年后，我的博士论文付梓前，请刘总审阅，他真就逐字阅读逐句批注，其真知灼见跃然纸上，令我更是暗生敬佩感激。后记中，我写了这样一句话："那种'把酒话桑麻''品茗谈学问'的'语言游戏'将是永久的怀念！"

时间到了2007年，距离我博士毕业整三年。突然的某一日，我所在的工作单位华中师范大学通知我，派遣我前往美国堪萨斯大学孔子学院做汉语教师。彼时的我，尚未成家，也没立业，处于一人吃饱全家不饿的境地。临行前，唯一的挂虑就是投入全部身家七拼八凑购得的位于远郊的房子，苦于无人帮忙、无钱按月偿还房贷，求救于刘总，刘总回应"放心去吧，一切有我"。2009年8月，我卸任回国，所有安顿妥当后已是10月，方才想起还有房子之事，忙打电话问刘总。"你的房子已经早被我卖掉了。"刘总说。知是玩笑，仍约了刘总相见交接。刘总并不多说，一味嘘寒问暖我那边工作如何，这边是否适应。临走时，塞给我一个信封，说"房子没卖，都在这里面"。回到家，我打开信封，里面层层叠叠密密麻麻是各种票据和数字，每月每月我工资收入多少，每月每月我公积金多少，每月每月我津贴多少，每月每月我奖金多少，每月每月我福利多少，每月每月我偿还房贷多少，每月每月我盈余多少，每一笔计算、每一笔账单都精确到角与分，按照年月，分门别类，逐月递进，思路有条不紊，单据完整无缺，账目一目了然，字迹清秀隽永。在我离开武汉任教美国的近2年时间里，对于我这种对数字白痴永远都是一笔糊涂账的人来说，完全无法想象他是怎样实现日复一日周而复始事无巨细不厌其烦地进账对账出账的。我随即打电话给刘总表示诚挚由衷的谢意，并检讨自己的“马大哈”，刘总说，“不用谢我，我和你一样也是马大哈，哈哈哈，是你嫂子弄的”。

像过去的9年一样，站在9月的武汉，华中师范大学校园里的街道边，依然青翠欲滴，繁花盛开，天空发白默然不语，茫然四顾，只有我自己。遗像中的刘总面色红润盈盈笑意，我的泪夺眶坠地。

在精致利己的当下，有几人能像刘总一样总是利人毫不利己？在人人自危的如今，有几人能像刘总一样胸怀坦荡忠心赤诚？在明哲保身的现在，有几人能像刘总一样仗义行侠义盖云天？在锱铢必较的今天，有几人能像刘总一样大肚能容笑容天下？而刘总爱人云峰嫂子何尝不也是侠士中的仁之大者！

可是，这样的刘总，却走了！

2018年3月17日于江西省全南县城

黄的老牛

在乡下，动物们有着重要的作用和地位。动物善待村人，村人善待动物，亲如一家。

记得小学时，妈妈孵了一窝小黄鸡，刚出生不久的小家伙们跟在母鸡妈妈的前后左右，唧唧唧叫，有模有样地学着啄米觅食，呆萌憨厚，天真可爱，他们是我必不可少的好玩伴。有一天，我放学回到家，发现其中一只竟然病故，我捧着那一团黄色的毛茸茸伤心欲绝，茶饭不思，好像失去了一个极要好的朋友。还有一次，妈妈竟然养了一只小黄狗，这是姐姐和我梦寐以求的，后来小狗被邻居下毒，小黄狗痛苦难忍，满地打滚，钻到烘焙香菇的冷火灶里不出来，哀号低鸣，直至去世。放学回家得知此事后，我硬缠死磨妈妈把埋葬了的小黄狗又掘出来，抱着他软绵绵的小小遗体痛哭。

农村较多的动物包括牛、羊、猪、鸡、鸭、鹅，这些都与农人的生活息息相关，对农村和村人做出很大的贡献。相对应的，村人也很好地对待这些动物，让他们吃饱吃好休息好。这里的关键就是“放”，比如放牛、放羊、放鸡、放鸭、放鹅，猪的待遇不太一样，一般是圈养，不存在“放”的问题。羊好像不够习惯南方江西的水土，反正我是极少看见羊的，我们不讨论“放羊”的问题。限于篇幅，下面重点讨论放鸡、放鸭、放鹅和放牛的情况。

鸡、鸭、鹅三者中，鸡可能最常见也最重要，原因包括几个方面。首先，鸡分公鸡和母鸡，母鸡会下蛋。虽然对于母鸡而言，会下蛋可能算不了什么高难度任务或值得炫耀的技巧，但土鸡蛋对于那时我们家来说，具备很高的经济价值和社会效益。虽说一块钱可以买七八上十个鸡蛋，但一块钱是很多的钱，想想看，冰棒才五分钱一股，我读小学一年级一个学期的报名费学费书费杂费等总共才2.25元。母鸡下蛋后在院子里四处巡视、“咽哒咽哒咽哒”高昂着头的骄傲宣示，就是我们喜悦心声的最好表达。其次，献鸡不但肉质鲜美，而且肉量大、无添加。公鸡被物理阉割之后，在竹鸡笼里幽禁一段时间，等得其手术的伤口恢复如初，一只亭亭玉立气质上好的献鸡就呈现出来。只见它高高的鸡冠壮硕，毛色油亮，白里透红，巍巍然，凛凛然，如中举的秀才。献鸡完全没了公鸡的冲动与好斗，它脚步挺拔而娴静，姿态优雅而自信，游离于母鸡和公鸡的争风吃醋之外。最后，公鸡会打鸣。家家户户基本没有手表，有一只打鸣的公鸡，相当于有了免费的闹钟，有了行走的“生物钟”。一鸡啼鸣，全村呼应，无须对表，上下联动，效果感人。但是，公鸡有公鸡的劣势，公鸡不会像母鸡那样下蛋、孵化后代，也不能像献鸡那样提供鲜香优美的肉质，如此，一个家庭一般豢养一只公鸡足矣，除了打鸣的日常工作之外，主要负责传宗接代，而不需要向别人家“借种”，省却邻里间的矛盾纠纷。“放鸡”是最轻松愉快的工作，把鸡舍或竹鸡笼打开，即告结束。鸡通人性，并不走远，只在周边啄刨，稍有顽皮的，至多在树枝上藤蔓间爬高下低。临近天黑，自主回家返巢。

放鸭与放鸡大异其趣。概因鸡是陆生动物，鸭既可以在水中生活，也可以在陆地生活。年纪尚小的小鸭子色泽嫩黄或初黑，毛发茸茸，步态摇曳，呱呱乱叫，一手可握，简直可爱。我们的女儿小钉子见了，每每喜不自禁爱不释手脚不移步，非得在其后嬉笑追逐良久，直至小鸭子上气不接下气，方肯罢手。这时的小鸭子放出去，即便是幼小的禾苗田中，也人畜无害。及长，大鸭子够得着禾苗稻穗瓜果菜叶，情势就大不相同，势必寻了一片高度足够又尚未灌浆结穗的水田。清晨，村子从睡梦中醒来，鸡们近水楼台先得月，已经放了出去，沐浴晨光，吮吸露珠，自由活动，甚是欢快。鸭子见隔壁邻居的鸡们抢了先，在鸭舍鼓噪呱嘎，你推我搡，探头探脑，迫不及待，几乎要喊出来“放我们出去放我们出去！”。“萍得程得你们去放鸭子吧”，妈妈一声令下，我和姐姐立即打开鸭舍，一二十只鸭子你拥我挤一股脑儿涌了出来，一团黑云一般，在院子里四散游走，瞬间挤压到门口，意欲破门而去。姐姐扁了身子，硬生生地挤了出去，在岔路口阻挡，已然有一只两只眼尖的鸭子顺势溜走，我连忙开门，鸭子们即刻倾泻而出。姐弟俩一路走，一路哄，一路堵住可能的歧途岔路，直至把这一群摇摇晃晃的鸭子们赶到田地。鸭子们远远看见稻田乐园，兴冲冲大踏步走，走得近了，几乎奔跑起来，倏忽之间，只见禾头攒动，摇动的禾苗去得越来越远。

放鹅与放牛有异曲同工之妙，这里单说放牛，放鹅可以此类推举一反三。

1978年的第一声春雷，惊醒沉寂的中国大地。改革的春风吹到农村，最根本是四个字，即“分田到户”。这一场体制上的变革释放了压抑蓄积已久的主观能动性和生产积极性，大家不再做事磨洋工、同吃大锅饭。我们家从正式解体的生产队分到两间平房、一张犁一把耙、一盘石磨、一方谷仓等生产生活资料，当然还有本文的主角——老黄牛。如前所述，在乡下，动物们有着重要的作用和地位。在牛、猪、羊、鸡、鸭、鹅这些动物中，大型动物如牛、猪的作用和地位尤其突出。

概而言之，南方尤其江西的牛的功能主要包括短途运输与耕地，负重行军的职能很弱。汉语成语俗语中的“对牛弹琴”“牛头马面”“宁为鸡口不为牛后”“牛不喝水强按头”“老牛破车”“风马牛不相及”“牛头不对马嘴”等等，容易使人产生对牛的极大误解。先说运输，“牛高马大”很好地解释了这种可能性。村里没有马，牛当仁不让，成了运输的能手。刚从生产队分到我们家的时候，大约20世纪80年代初，老黄牛并不老，不过两三岁，相当于意气风发的人类少年。每当妈妈和姐姐要把砍伐下来的翠竹运到水口山，或者要把稻谷拉到炉迳村去碾成米的时候，黄牛一牛当先。对于体型庞大的牛类来说，一百多斤的重量完全不足挂齿，听妈妈和姐姐说，平时干惯了耕地等重活的黄牛，被套上牛轭拉货时，即便山路崎岖陡峭，竟也脚步轻盈神态飘逸。

再说耕地。耕地是男人专属的职能，几千年以来处于农耕社会的中国，基本始终是男权社会，力气决定权力，田地决定话语，这从“田力为‘男’”可见一斑。宏观地看，耕地包括两个方面，一是犁地，二是耙地。顾名思义，犁地是使用犁把田地翻转过来，可以把板结的土地松散，又可以把禾谷头或草木灰等倒转下去。犁是犁地的主要工具，一般来说，犁有一根横木，与把手相连。把手高1米余，把手往下至接地处有弯曲，与犁头相接。犁头多为铁制，前部尖锐单薄，后方愚钝厚道。在犁头与把手相接处，延伸向上，穿过横木是一条直木，背靠直木、下部与犁头相接的是一块大波浪形的铁板，从犁头吃起的泥块遇此铁板，就势翻转覆盖过去。自此，横木、把手木、直木三者构成一个大的钝角三角形，实用而顽固，耐用又美观。犁地的关键是牛，为了种桑养蚕、点种花生，妈妈和姐姐尝试请黄牛来犁地。牛、妈妈、姐姐来到田地，犁也在现场。妈妈扶住犁把手，手心出汗。姐姐把黄牛哄到犁的正前方，牛轭已经和犁的横木套索好，却发现无法把牛轭架到黄牛的脖颈上，如此反复。黄牛见了，心领神会，倒退几步，牛轭天衣无缝地套了上去。妈妈和姐姐大喜过望，姐姐紧握牛绳，牵了牛走在前头，牛夹在中间，亦步亦趋不明就里，妈妈行在最后，犁忽左忽右毫无章法。几圈下来，不是犁在地面上空跑，就是犁牵扯嵌入田埂，别扭得很。显然哪里不对，但初为“农夫”的妈妈和姐姐完全不得要领，一时无所适从，茫然不知所以。黄牛心急，示意姐姐闪开，姐姐以为黄牛生气发作，赶忙跳到一边静观其变。黄牛按照自己的套路和行进路线，有条不紊循规守矩头头是道，扶犁人手中毫不费力，一块半亩见方的田地就大功告成，路人见了，拍手称好。耙地也不容易。耙地使用耙，目的在于耙碎土块，使肥料与泥土充分混合，并平整土地，便于肥料均匀和灌溉平衡。耙子形似猪八戒的钉耙，只是形制更大、齿牙更深，横梁处上升两根铁柱用于加装长的横把手。不管是犁地还是耙地，都是很重的体力活，有着很高的技术含量和技巧水平，非常人所能为也。

辛苦劳作过后的牛需要休息，这就是放牛。放牛是一项重要的生产活动，也是我们家一项重要的日常工作。当然，浪漫的诗人可以把放牛写得很有诗意，“牧童归去横牛背，短笛无腔信口吹”。

往大了说，放牛包括两种类型。

第一，“半封闭式”放牛。这是指某个被指定的人，在某个指定的地点和某个指定的时间，为了达到牛吃饱的效果，独自一人牵着牛去吃草。由于有着诸多限定，比如放牛的地点已经提前确定，哪里水草肥美已经被长辈告知，且只能独自一人执行任务，没有手机，没有书看，只能人看着牛、牛看着人，小眼瞪大眼，极其无趣。因此，“半封闭式”放牛饱受孩童们的诟病，遭到姐姐和我的极大排斥和抵抗。不到万不得已，任谁都不会去进行“半封闭式”放牛。回过头来看，这其中其实是有不少乐趣的。“半封闭式”放牛的地点提前确定，时间多为清晨或黄昏，但一根牛绳在手，就完全不需要操心牛儿吃不饱的问题。这些时候，都是一天中最美好的时光，晨光普照，万物复苏，露珠在叶尖晶莹剔透，可以看穿整个世界。黄昏，夕阳西下，农人尚在田地劳作，蛙鸣蝉鸣鸟鸣等混在一起，简直是田园交响曲。炊烟袅袅，自下而上，直至若有若无，与天地相接。影子拉得很长很长，就像望着天空发呆的时间一样，可以什么都想，可以什么都不想，时间和空间融为一体，永不分离。“半封闭式”放牛时，牛绳不能放得太长，长了容易失去对牛儿的掌控。有一次，不知为什么指定我去放牛，这次放牛的地点也是被指定的，就在自家稻田周边。放牛的时间也是被指定的，在早上。被指定的目标是让牛吃饱，吃饱后，牛回圈，人回家。打开牛圈门，黄牛赫然在目等在门前，在牛鼻处系好牛绳，人与牛一前一后往稻田走。稻田里禾苗郁郁葱葱，正是灌浆前的好时节，被放出来的鸭子们在稻田深处咕噜咕噜咕噜地注东西吃，好不得意。稻田的田埂上，一二十厘米之间，点种着黄豆苗，黄豆苗根深入田埂不及寸许，况且田埂毕竟不比稻田肥沃，我们就从稻田里用手窝捧了油油沃土，糊在黄豆苗根部，成小山包状，根正苗绿，眼前的黄豆苗青翠欲滴长势喜人。田埂脚、山路旁、青青草都是被指定的放牛的地点。牛绳在握，我胸有成竹。人在前，牛在后，一小一大一矮一高，相得益彰。信步由缰良久，不经意间回头一看，青翠欲滴长势喜人的黄豆苗只剩下光秃秃的苗根，齐刷刷像被人割了去，更加触目惊心的是，田埂里的禾苗竟然也参差不齐地少了许多。看看手里的牛绳，一切不言自明，都是黄牛干的好事。我不信平日里乖巧听话的黄牛会干出这等事情，收紧牛绳，牛鼻子随之高高扬起，又长长地放开牛绳，眼睛故作远望他处。一瞥之间，却见黄牛偷偷瞄我，然后低头若无其事地点头啃草，如此良久，见我失去警惕，才默默伸出舌头，忽地卷了一株豆苗在唇。牛绳一紧，我猛地一拉，正要怒气冲天，黄牛被抓现行，抬起牛头，表情狡黠，眨眨眼睛，眼里明显是调皮和可爱，好像说“别生气嘛，我偷吃的又不多，我平时都很乖的啊，豆苗还会长回去的”。我一时竟骂不出口，只是扯了扯牛鼻子，怒眼一横，算是惩罚。

第二，“开放式”放牛。这是指某个人，在某个时间，和村人一起，把牛赶到某个地点去吃草。“半封闭式”放牛多在春夏季节，这时万物生长，禾苗放绿、菜蔬满园，放牛的地点和形式有很大局限。相比之下，“开放式”放牛多在秋冬季节，万物成熟或萧肃。早上，总有人在某个地方吆喝一声，“放牛了哇”，于是，家家户户就有一个人，跑去牛圈，舍去牛绳，径直打开牛栏门，在牛屁股后面喊上几句，或踢了一脚，牛就乖乖地走。各家的牛从不同方向走来，到了那条石板路处，牛们轰轰烈烈地汇聚一起。放牛人跟在后头，时不时吆喝一声，牛们自然而然朝前游走，直到增塘山及越过增塘山的更远处，放牛人即放心回家。可以说，这才是严格意义上的“放”牛。牛们得令，撒开腿，自行找寻各自的地盘和中意的食物，没有人打搅，没有同伴吵闹，开始一天自在的自由时光，深处完全属于自己的时间和空间。天黑之前，放牛人又聚集一起，合众去寻牛。我们家的黄牛却不需要，吃饱喝足后自会回家，回家后自行进入牛圈，把门关好，然后稳稳地反刍安睡。有一次，我们一家遍寻黄牛良久不得，以为被人偷去，或者迷途去了邻村。踌躇无计，姐姐提议归去牛圈查看，竟然发现他赫然在卧，见了我们，悠悠抬起惺忪的睡眼，嘴巴左右嚼动，好像要问："这么晚了，你们找我有什么事吗？"

慢慢地，黄牛已然是家中一员，不可或缺。后来，黄牛长大，成为风华正茂的青壮年。再后来，黄牛慢慢老去，进入垂暮之年，步履蹒跚，日薄西山。妈妈和姐姐不忍喊人屠宰黄牛，二人商议，把黄牛送出去，兑换回来一头岁余的雌性小水牛。

看着黄牛被人牵走，黄牛的主人妈妈姐姐的心里肯定极不好受，毕竟老黄牛给我们家带来那么多的力量、收成、爱与希望。老黄牛啊，眼睁睁看着你走，我们何尝不是满怀泪水啊！

2019年10月24日于广州大学城

牙膏与月饼

“老公，我给你买一管牙膏吧？”某一天，爱人张医生突然问我。“为什么，什么牙膏？”“你说了很多遍你小时候的事情呀。”

小时候，我没人管，读书早，5岁就上小学一年级。女儿小钉子曾经问：“爸爸，我5岁读幼儿园，为什么你5岁不是读幼儿园？”“爸爸那时没有幼儿园啊。”“为什么没有幼儿园？”“可能因为穷吧。”“爸爸，穷是什么？”

那时候确实穷，但穷有穷的乐趣。每天早上8点开始上课，我们6点多必须起床，刷牙洗脸吃早饭准备书包磨磨蹭蹭就到7点，从村子到学校，山路弯弯，加之小朋友伙伴多，一路玩闹，玩闹过了火上了头，免不了一把鼻涕一把泪，走路1个小时是要的。我人小个子矮，书包自然落在姐姐的肩头，我就空着两只手，十足的“甩手掌柜”。破衫烂裤光着脚，春夏秋季还好应付，冬天就有点吃紧。爷爷是编竹篾的一把好手，他老人家总会提前给我们编个竹火桶，让我们提着火桶，一路行走一路烤火，抵御寒冬的冷风冷雨。

但爷爷编织的竹火桶太过精美，有一次，竹火桶被我们甩坏，妈妈毅然决然剥夺了姐姐和我的竹火桶使用权，仅限家中使用，且竹火桶所有权收归“家有”，我们就又回归到与其他小伙伴一样的待遇。翻箱倒柜找出一个废弃的旧瓷盆子，瓷盆不是瓷，外表有瓷的涂层而已，盆身铁制，敲之咚咚作响。腮帮鼓起，铆足劲，将洋钉锤进瓷盆的把握边缘，均匀分配的4个洞就豁然开朗，成鼎立之势。扯来一根铁电线，老虎钳一咬为二，分别从铁洞穿过，留足尺余，终于在顶部汇聚，拧成手握把柄。先以细小柴棍铺垫火桶底部，缝隙间充塞微末松软的刨花柴草，上覆以漆黑木炭，火柴点火，柴草欲着未着之际，一股白烟骤然突出升起，妖冶四散。孩童忙鼓气捧吹，火星见气，呼之愈急，才兴旺起来，噼里啪啦引燃黑炭。至此，基本能够烤火的自制火桶正式完成。孩童顽皮，有气无力的火桶绝不能满足好奇和痛快，遂握了把柄，手臂伸长，以手握处为圆心，在天地间将火桶旋转挥舞。火势见风，风助火势，呼呼作响，顷刻间火桶之火虎虎生威熊熊燃烧，亮如白昼，灿若朝霞。孩童间往往就此展开一场比赛，要看谁挥舞火桶更长久，谁的火桶之火更大更旺，谁的胆子更大而坚持时间长不把火烧眉毛的火桶停下。爷爷做给我们的那个精美竹火桶正是在这样的比赛中牺牲的，但爷爷编织技巧高超，竹火桶仅受皮肉之苦，并未伤筋动骨。

竹火桶不仅外形美丽，内里考究，而且有盖，外围以竹篾围拢圆圈，火势不易伤人，挡风遮雨，干净环保，炭火的持续性也更强，几乎坚持一整天而尚有温存。与之相比，我们的自制火桶最多是火盆，无论是材质、质量、质地、用料、工艺，还是安全性、炭火的可持续性、火桶抗自然灾害与人为灾害的能力，均完全相形见绌。却是这样的火盆，伴随我们年复一年的上学之路，伴随你争我抢的火热嬉戏，伴随我们热火朝天美好如画的童年。

放学后，并不急于回家，火盆在手，往火盆增添柴火，火盆就又温暖如春。孩童们聚拢在学校门口的小商店里，叽叽喳喳像赴圩，左顾右盼东瞧西望，看着整整齐齐花花绿绿摆满货架的那些稀罕玩意出神，盘问店主这是什么那是啥、怎么吃如何用。不知是同学有前科，还是听从老师的教导刷牙要用牙膏，我看见记忆中那个小小矮矮的自己，怯怯弱弱地问：“你这里有牙膏吗？”牙膏是新鲜事物，我们刷牙都是刷水，院子里有一口水井，把水摇压上来，直接用以刷牙。讲究的家庭，在牙刷上匀一层薄盐已是奢侈，竟也把小牙大齿刷得雪亮。“妈妈，你给我一块钱吧。”“干什么？”妈妈警惕地问。“我要买牙膏，老师说要用牙膏，学校就有卖！”我连比带划，急急地向妈妈描述那个牙膏的外观、形状、颜色、大小，姐姐在一旁做着眼见为实、有力的补充说明，但说，“家里有钱买，你不用和妈妈说了”。“是啊是啊，姐姐懂事”，妈妈附和道，二人迅速结成一条战线。以一敌二，任我好说歹说满地打滚哭天抢地捶胸顿足，很快我也就败下阵来。那支充满诱惑的小白兔牙膏耳朵支起，长时间方方正正地站在货架上，我能做的就是每天下课后进去商店，望它一眼，然后跟着姐姐和小伙伴们回家。路上，温暖的火盆多少驱赶了“失去”牙膏的阴郁和不快。

或许正是牙膏事件，让我过早懂得家庭的不幸、妈妈的坚韧、生活的不易和姐姐的乖巧懂事。姐姐和我尤其我将新生活新礼物的希望寄托于逢年过节。在农村，每年的重要节日寥寥无几，年头清明节，年中中秋节，年尾是过年，如此而已。过年距离上一个节日中秋节尚可忍受，中秋节距离上一个节日清明节就遥遥无期，让人急不可待。平日里，勤俭持家的妈妈总会把蔬菜、瓜果、土鸡蛋等拿到圩场变卖，提前把一分一角的钱准备好，在柜子里和枕头下存储起来，以备不时之需。翻找衣服或打扫卫生时偶然看见，层层叠叠整整齐齐的那些分分角角，姐姐和我绝不会擅自拿动一分一毫，这是妈妈教给我们的做人的规矩。

遥遥无期的中秋终于到来，天高地远，月朗星稀，天蓝似一池湖水。赴圩归来的妈妈郑重其事，小心翼翼地在饭桌上放下一个纸包。纸包上字迹歪斜，印戳模糊，油光透亮，显而易见，纸包里面是姐姐和我梦寐以求的中秋饼！阵阵香甜软糯瞬时飘散出来，四处弥漫。“今日系中秋，我买了两个中秋饼，你们一个人一个。”“我来拆！”“我来拆！”姐弟俩争先恐后。妈妈温柔静静地看着我们，幸福之情溢于言表。见纸包里仅有两个月饼，姐姐和我都停了手，像被什么突然灼了一下：“妈妈，只有两个中秋饼，我们一人一个，那你食什么？”“你们食就可以了，我不喜欢食，太过甜了。”还是姐姐聪明，“我们可以分开来食啊”，便从厨房拿了切菜刀，软软一刀下去，中秋饼一分为三。姐姐拿起一块，说“妈妈，我们一起食”。“姐姐说得对，大家都要食，大家都有份。”妈妈抿了嘴、皱着眉，眼睛湿湿的，“乖仔，都是乖仔，妈妈好欢喜你们。”

日子一天天过去。临近过年搞大扫除，突然有一日，妈妈在客厅惊呼：“哎呀，好多蚂蚁，中秋饼都被蚂蚁蛀完了！”剩余那个大家都不忍吃食的中秋饼，放在客厅右边墙角的三角柜里，直至过期，直至蚂蚁上下爬满里外蛀空。但是，我们娘仨分而食之的那块中秋饼，却是我一生中吃过的最好吃最甜蜜的月饼。

而关于那管小白兔儿童牙膏，我对张医生说：“你还别说，后来我真买过那种牙膏，还用它刷了牙，好像是在武汉的时候。”“味道怎么样？”“嗯——，很适合小朋友。”

2019年10月25日于广州大学城

后 记

现如今，什么都讲求“快”，快到让人窒息，不单是工作，包括社会、生活，也包括认知、批判、哲思与魂灵。很难真正静下心来，去认识一个人，或者一个地方；很难真正静下心来，去散步，或者发呆；很难真正静下心来，去读一本书，比如诗歌，或者散文。

此前出版过两本诗集《跟随爱情歌吟》《跟随存在歌吟》，却决计羞与人言，这种复杂矛盾的心情在第二本诗集的后记中有所描写，“其实，我是一个诗人”“其实，我并不是诗人”。这次，我写散文，如何？眼前手中的这本散文集《跟随生命歌吟》与两本诗集组成一个整体，算是对自己前半生作的一个了结，雅称“三部曲”，统称“跟随××歌吟”系列。

自然不应就此终结。当我老了，你也老了，走不动了，头发花白，目光模糊，春日晨曦中、冬日暖阳里，一杯清茶，三两知己，再细细回忆曾经的那些过往，以及过往的过往。俯瞰一生，写成另一本书，起一个《巨流河》那样的书名，比如，叫《牛牯岭》。很好，这些都是给（外）孙子孙女们的茶余饭后的谈资，“爷爷（公公）当年……”

跟随生命，为你歌吟。

感谢诗友安然教授的热心推荐，感谢严建伟总经理，责任编辑刘志一、郭海珊的辛苦劳动，他们的严谨、认真、负责让本书增色添彩。

己亥深秋于花城

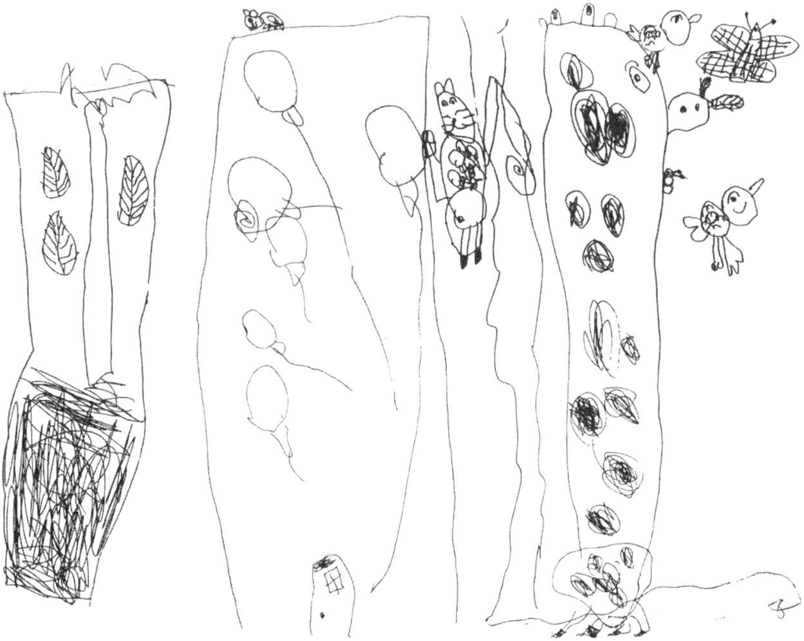